バ
物語

越川芳明

彩流社

本書を、感謝をこめてふたりの私淑する作家に
ゾラ・ニール・ハーストン（Zora Neale Hurston 1891-1960）
リディア・カブレラ（Lydia Cabrera 1899-1991）に捧げます。

目次

三人の女性祈祷師――サンティアゴ・デ・クーバ

主な登場人物

僕　五十代初めの日本人。文化人類学者。〝ロベルト〟という愛称を使う。
テレサ　エル・コブレ在住の黒人女性。民族舞踊の踊り手。
エディタ　エル・コブレ在住。黒人の女性祈祷師。
フリア　テレサの母。黒人の女性祈祷師。
セリア　エル・コブレ在住。黒人の女性祈祷師。
メルセデス　テレサの娘。混血女性《ムラータ》。高校生のとき妊娠し出産する。
ホルヘ　背が高いやり手の黒人青年。
ロドリゴ　サンティアゴ在住のテレサの叔父。黒人祈祷師。
ロサ　ロドリゴの妻。素朴な黒人女性。
マミータ　テレサの妹の黒人女性。
マリベラ　テレサの姉の黒人女性。
レイナルド　中国系の少年。サンティアゴの〈ブルヘリア通り〉に露店を出す。
ガブリエル　エディタの弟。セリアの夫。
ジョージ　テレサの隣人のゲイの混血男性《ムラート》。
ホセ　ホルヘの祖父　山奥に住む黒人司祭《ババラウォ》。
マリ　テレサのいとこの黒人女性。
グスタボ　長身のゲイの黒人青年。

精神はつねに自分を脱出し、生まれかわろうとする動機を秘めている。
——内田良平「囚われの家」

あるときは　正義の味方
あるときは　悪魔の手先
いいも　わるいも　リモコンしだい
——『鉄人28号』の歌（一九六三年）

1

部屋の中は、雨の匂いがした。

それは外の草の匂いとまじりあい、裸の体にしっとりとこびりつくような気がした。雨の匂いを嗅ぐと、南の島から持ち帰り自宅の庭に植えた月下美人の種子があるときひょっこり芽を出したような、うれしい驚きを覚えた。


最初に、みなさんにお断りしておかなければならない。僕は文化人類学を専門としている五十代になったばかりの日本人である。メキシコやキューバなどのラテンアメリカでは〝ロベルト〟と名乗っていたが、その名前にはそれほど大した思い入れはなかった。

とはいえ、海外で暮らしたり、外国を旅したりしたとき、母音の多い正式な日本名を名乗っても、現地の人たちになかなか覚えてもらえなかった。観光客ならば、それでもなんら支障はないが、仕事柄、地元の人たちとコミュニケーションをとらなければならなかった。

そういうときに、「あなた」や「きみ」ではなく、相手の名前（愛称があれば、愛称）で呼びかけ地元の人たちとの距離を短くしようとした。さらにその距離を短くしようとして、いっときは自分の下の名前を短くカットして、名乗ったこともあった。だが、なんだか自分ではないような気がした。それならば、いっそのこと地元の人たちが使っている名前にしてしまおうと、あるとき思い立った。

不思議なことに、本来の日本人としての名前や、それを短縮した愛称で呼ばれていたときと違って、ロベルトとか(場所によっては、フランス語のように、語尾が消えてロベールとか)呼ばれているうちに、自分でも知らなかったもうひとりの自分が生まれてくるような錯覚に陥った。そして、それがあながち錯覚とは言えないということに、最近になって気づいたのである。

みなさんもご存知のとおり、世のなかに「分身もの」と呼ばれる文学作品がたくさんある。スティーヴンソンの『ジキル博士とハイド氏』をはじめとして、ひとりの人間のなかに潜むもうひとりの自分をテーマにした小説だ。

ここで僕がお話ししようとしているのも、そうした類の「分身もの」と言えなくもない。だが、ここではひとり人間のなかの複数の「顔《ペルソナ》」は動物の「脱皮」のようなものである。さなぎが幼虫に変わり、幼虫が蝶になるように、ひとりの人間のなかからもうひとりの人間が生まれてくるわけだから。

いま、粗末なベッドの上にいるのは、ふたりだけだった。テレサの家の、日本風に言えば、六畳ほどの小さな寝室には、外から光と空気を取り入れる羽根板式の小さなシェードしかなかった。草と雨の匂いは、小さなシェードから自由に形を変えるアメーバーのように侵入してきた。

雨の匂いほどではないが、かすかにマンゴの気《け》だるく甘い匂いもした。

隣でぐっすり眠っているテレサを見た。この地方では「フルータ・ボンバ（果物爆弾）」と呼ばれている青いパパイアの形をした乳房が目の前にあった。

ふと若い頃に、付き合っている女性の寝姿を見ながらやり過ごした夜を思い出した。どうやって拗《こじ》れた関係を正したらいいのか、邪念が頭に入り込んで、眠ってなどいられなかった。彼女が目を覚ますまで、天井のシミを眺めて無為な時間をやりすごした。天井のシミが毒蜘蛛に見えた瞬間があった。

わざわざ禍《わざわ》いのタネを抱えるのが僕の欠陥だった。

とはいえ、そうした指摘が正しいのかどうか、そのときはまだ判断できなかったが、ハバナのアフロ信仰〈サンテリア〉の代父《パドリーノ》から教わったことがあった。そういう窮地からなんとか脱出できるのも、変身の精霊エレグアを守護霊とする僕の能力である、と。

しかし、テレサと深い関係になったことを悔やんでいるわけではなかった。禍いとも思っていなかった。ある意味、こうなるのが必然であった。

昨夜テレサから〈アフリカの女性《アフリカーナ》〉という、ベンベのときに歌う歌を教えてもらった。キューバ東部の黒人たちがクレオール語で歌っている歌詞をノートに書き込んだ。

だが、その歌詞を正調のスペイン語に書き写すのには無理があった。それは方言で語られる日本各地の民話を標準語の日本語で記述することに似ていた。

それでも、歌詞の音だけでなく、意味がわかるようになるまで、辞書を見ながらしつこくその作業をくり返した。こちらが歌をそらで歌えるようになるまで、テレサは嫌な顔を見せずに付き合ってくれた。

いま、むき出しの裸で眠っているテレサを見ると、肩のまわりががっしりしていた。普段はわからないが、肩から胸までにかけての肉の厚みといい、アジア人の自分と違っていた。

ベッドを抜けでて台所へ行った。寝室にはドアがなく、粗末な白いレースのカーテンが吊るしてあるだけだった。台所のテーブルには、ホルヘからもらってきた二個のマンゴがおいてあった。

ホルヘはすでに刑務所から出所していて、いまはマラブという集落に住んでいた。エル・コブレの母親の家には住んでいなかった。小学校の教師をしている女性の家に居候していた。家と言っても、台所と寝室だけしかない掘っ建て小屋のような建物で、そこに生まれたばかりの赤ん坊と三人で暮らしていた。

家は未完成といった感じで、秋の暴風雨《ハリケーン》に備えて、ホルヘがトタン板で外壁を補強している最中だった。粗末な家に比べて、家を取り巻く敷地は広かった。その一角に大きなマンゴの木があった。マンゴの実がどんな風になるのか、キューバにくるまで知らなかった。マンゴもアボカドも、横にのびた枝から蔓《つる》が一本するすると下に伸びて、その蔓の先に果実がぶら下がっているのである。

まるで巨大な蜘蛛が太い糸にぶら下がっているように。

果実が熟してくると、虫取り網のような道具で一個ずつ採集する。高いところで四、五メートルにも達するので、長い棒に網をつけたり、木によじ登ったりして採るのだった。

熟れたマンゴが地面に落ちると、ぐしゃっと潰《つぶ》れてしまう。ホルへはわざわざ居候先の家に僕を連れていき、そんな大変な作業をして採ったマンゴを二つ気前よくくれたのだった。

もちろん、その見返りに、新学期が始まる頃に、ホルへの口から「うちの娘にスニーカーを……」という、催促の嘆き節がささやかれることになるだろうけど。

感じるよ　呼びかけてくる声が
深い海の底から
アフリカーナ(アフリカの女性)の声が
呼びかけてくる
儀式をするように

台所のテーブルの上にあったマンゴのひとつを手に取った。大きく、生まれたばかりの赤ん坊の頭ぐらいはあった。新生児を抱くように、両手でそっと持ちあげた。

ホルへにもらったときより数日たっていた。黄色地に桃色が増して、触れるとテレサの太股のように弾力があった。そういえば、昨夜、彼女自身も熟れたマンゴに似た匂いがした。

三年前にマラブの森とテレサの家の庭でおこなったあのベンベは、遠い昔のことのように感じられた。

あれからは、野外調査のためにハバナに行くことはあっても、東部のほうまで足を伸ばすことはなかった。

大学の同僚には、キューバで何をやっているのか、怪しまれていた。怪しまれるだけならまだしも、五十歳をすぎても准教授のまま据えおかれていた。大学のなかの「村」ともいうべき学科での業務、いわゆる「雑務」に熱心に取り組まない者は、教授連の覚えもよくなかった。夏の休暇に入ると、すぐに調査や資料収集と称して海外に出てしまい、しかも、このところは大した研究成果もあげていなかった。

七年以上勤めている者が申請できるという長期海外休暇《サバティカル》という制度があるので、そのことを先輩のM教授にそれとなく打診してみると、自分でも雑用をこなして、しかも十年以上勤めてようやく獲得できた、というような返事が返ってきた。M教授はまだお前には早いということを暗に仄《ほの》めかしたいようだった。制度が立派でも、使えないとすれば、何のための制度か、と内心腹が立ったが、M教授が意地悪というより、M教授の意見は学科全体の雰囲気を反映していると言ってもよかった。僕が制度を利用したいと思っても、誰もその申し出を積極的に支持してくれそうになかった。

妻にも怪しまれていた。家庭を顧みず子育てを放棄し、妻いわく「海外に逃げている」からだった。研究という大義名分を隠れ蓑《みの》にして、家事を免《まぬが》れているというのが、妻の言い分だった。それは当たっていなくもなかった。身近にいる「他人」は鋭い指摘をするものである。

実際のところ、ハバナでしていることは、サンテリアの師匠の「カバン持ち」だった。実際のところ、カバンは持っていなかったが、儀式のある家に飼い犬みたいにのこのこついていき、代父のする儀式を観察しているだけだった。儀式を手伝おうにも、司祭の資格も知識もないので、余計な行動はできなかった。もちろん、儀式の様子をノートに記述することぐらいはできた。だが、肝心の儀式の用語がちんぷんかんぷんだった。それが何語かもわからなかった。どうもこれまでに聞いたことのないアフリカの言語(代父によれば、ヨルバ語ということだった)にスペイン語が少し混じったような響きだった。

いま三年ぶりに訪れたキューバの東部は、あちこちから懐かしい草の匂いがした。サンティアゴ・デ・クーバの中心街にある宿の屋上に登ると、シエラマエストラの山並みが遠く連なり、まるで母親がベビーベッドのなかの赤児をやさしく見守るように、こちらを見おろしているのが見えた。カリブ海と近隣の島々が身近に感じられた。南に大きく口をあけた良好な湾がこの都市をジャマイカやハイチ、ドミニカ共和国などの島々に結びつけているからだった。

それらの島々は、この都市の目と鼻の先にあり、革命や戦争のときには、互いに避難地となってきた。

十八世紀以降、ハイチ革命から逃れてきたフランス系の白人たちは、サンティアゴにサトウキビ畑やコーヒー畑を作り、プランテーション経営をおこなった。

白人のフランス人と同じ苗字を持つホルへの祖先のように、一緒にハイチから連れてこられた黒人奴隷たちも多かったに違いない。

〈アフリカの女性《アフリカーナ》〉というベンベの歌には、そうした奴隷たちが讃える〈ママ《聖女》・フランシスカ〉という名前が出てきた。

驚いたことに、テレサによれば、僕が不在だったこの三年のあいだに、母だけでなくエディタとセリアも共に亡くなってしまったらしかった。

エディタという女性は、初めて僕に祈祷師という存在を、身をもって教えてくれた人だった。エディタの家の、異様なまでに怪しく飾ってあった祭壇は、忘れようと思っても忘れられるものではなかった。

一方、セリアも普段は優しい女性だったが、儀式になると強烈な個性を発揮したものだった。丸い顔に大きな眼をしていて、神がかりになるとガマみたいな顔になり、睨《にら》まれると怖かった。いまでも、よく覚えているのは、テレサの家でおこなったベンベの終盤でセリアがとった行動だった。夜が完全に明け、儀式が終わりに近づくと、セリアは祭壇に飾ってあったケーキを鷲《わし》づかみして、次々と親族の者たちの顔に塗りたくったものだった。みな逃げるわけではなく、喜んで顔を汚してもらっていた。僕も眼鏡の上から顔に容赦なくケーキを塗りたくられたのだった。

セリアによるケーキの塗りたくりの後に、マリにベンベの歌のひとつを歌ってもらったことがあった。マリは〈アフリカの女性《アフリカーナ》〉でいいかどうか確認すると、キューバ人にしてはめずらしくはっきりとR音を巻き舌で発音して、〈ママ・フランシスカ〉を称える歌を歌った。

感じるよ　呼びかけてくる声が
深い海の底から
アフリカーナの声が
呼びかけてくる
儀式をするように

あのときのマリの嗄《しわが》れた歌声が忘れられなかった。それで、テレサに〈アフリカの女性《アフリカーナ》〉を歌ってほしい、と頼んだのだった。改めて歌の内容を詳しく知りたいという気持ちもあった。

テレサはマリほど歌が上手なわけではなかった。それでも、こちらの願いを聞いて、掠《かす》れた声で歌ってくれた。長い時間をかけた歌の聞き取り作業が済むと、僕は持参したラム酒のボトルをあけ、ひとつのグラスに酒を注いだ。ふたりはベッドの上でグラスを交互に傾けた。

少しラム酒に酔い、ベッドの上に寝そべった。

そして空白の三年間にあった、ふたりの女性祈祷師の不思議な死について、テレサが語る話に耳を傾けた。

2

「その日の朝は、ずっと雨だったの。あなたも知っているように、秋は暴風雨《ハリケーン》になることが多いでしょ。それなのに、エディタは高台にあるカトリック教会のほうに向かって歩いていったわけ。しばらくすると、息を切らしながら自宅に戻ってきたらしいのよ」

あたしがそう語り始めると、それまで片手で頭を支えてベッドの上で寝そべっていたロベルトが、むっくと上半身を起こして、体を前に乗り出してきた。

ロベルトがまるでうまそうな餌を差し出された野良犬みたいに、好奇心たっぷりの反応を見せたので、あたしは思わず笑ってしまった。心から笑ったのは久しぶりだった。笑うことがこんなに気分がよいのを忘れていた。

ベッドの上で下半身にバスタオルを巻いて胡座《あぐら》をかいていた。裸電球が一個だけの、うす暗い部屋のなかは夏の熱気でむせ返りそうだった。

寝室には、小さなオモチャみたいな扇風機がひとつだけあった。小さなプラスティックの腰掛けの上にその扇風機をおいて首振り回転させたが、部屋のなかの熱気に対しては、まるでワニに飲み込まれる小動物みたいに、まったくの無力だった。

それでも、キューバ東部のうだるような暑さが、不快ではなかった。冬のドイツの寒さに比べれば、むしろ「天国」だと感じていた。それはかつてのドイツ体験が教えてくれたことのひとつだった。

あたしはエディタの話をつづけた。

「どうしてエディタが雨の降るなか、わざわざ外に出ていったのかわからない。でも、ともかく高台にある教会のほうに向かったの。しばらく登り坂を歩いていると、まるで誰かに首を絞められているみたいに、息苦しくなったわけ。

エディタは喘息《ぜんそく》を患《わずら》っていたのよ。それで、来た道を引き返した。家に戻ってくると、小さな観音開《かんのんびら》きの窓を閉め、ドアにもカギをかけて、ベッドに横になった。夜になって、仕事を終えた弟のガブリエルがサンティアゴから戻ってきて、いつものように姉の家に寄ったけど、奇妙にも玄関のドアが閉まっていた。合鍵でドアを開けると、家のなかは真っ暗で、嫌な予感がした。姉の寝室に行ってみると、エディタがベッドの上に大の字になり、息絶えていて……。

もちろん、これらのシーンを一部始終見ていたわけじゃない。近所の人たちからいろいろなうわさ話を聴いて、あとで自分なりに整理しただけよ。だから、まだ理解できないことがいっぱいある。エディタは喘息で亡くなったというけど、いちばん大きな疑問は、どうしてエディタが雨のなかわざわざ持病をおして外出したのかということよ。

ある人によれば、アチオテの葉か根、コロドバル、オロスス・デ・ラ・ティエラの葉、あるいはヤグルマの木の葉か何かを探しに出かけたというの。どれも喘息に効くと言われる薬草や木の根っこよ。また別の人によれば、自分がとても恥ずべきことをしたと思って、懺悔《ざんげ》をするために教会に向かったというのよ。

エル・コブレのカトリック教会は、毎日午前九時、午後三時と五時に三回ミサをおこなうことになっているわ。とりわけ、土曜日の午前九時にあるのは、死者のためのミサだった。エディタが教会のほうに向かったのは、ちょうど土曜日の朝だったの」

そのとき、ロベルトが話を遮《さえぎ》るように言った。

「ちょっと待って。エディタの、そのとても恥ずべきことっていうのは、何?」

ロベルトが何も知らないのも無理のないことだった。エディタに会ったのは、あたしの知るかぎり、二度しかなかったから。

最初は、四年前のことだった。その頃、代母《マドリーナ》として慕っていたエディタの家を訪ねていくと、そこに知らない日本人がいたのだった。日本人なのに、ロベルトと名乗っていて、変な人だと思った。ロベルトは「地元の人たちが覚えやすいように、ニックネームを使っている」と弁解した。そこで、自分もこの土地ではみながしているように、「ロベール」と呼ぶことにしたのだった。

ロベルトはそれほど上手くないスペイン語でエディタにベンベや祭壇にある聖具について質問して、エディタの言うことをノートに書いていた。ときどき、早口のエディタの言葉が理解できないようなので、あたしが通訳してあげた。昔、ドイツ人と付き合っていたことがあるので、外国人の扱いは得意なほうだった。

ロベルトが二度目にエディタに会ったのは、それほど間《ま》をあけずにエディタがロベルトのためにベンベを開いてあげたときだった。厄祓いの太鼓儀礼だった。エディタの手配不足で、盛り上がりには欠けたけど、あたしはエディタに命じられて〈アフリカの女王〉の衣装を着て踊ったのだった。そのあいだ、ロベルトはずっと小型カメラで動画を撮っていた。きっとそんな機会を作ってくれたエディタに相応のお金を払ったに違いなかった。でも、あたしは詮索しなかった。あくまでふたりのあいだの交渉ごとだから。

その後、ロベルトはアフロ信仰や儀式のことをあたしに聞くようになった。おかげで、金《かね》づるを奪われたと思ったエディタは町であたしの姿を見かけると、堂々と金をせびるようになった。ロベルトを紹介してあげたのだからと言わんばかりに。

先ほどのエディタの恥ずべき事柄だけど、あたしは「やや遠回りになるけど」と断《ことわ》って説明をつづけた。

「実は、ふたりが亡くなる一年以上も前のことだけど、あたし、セリアが出てくる不吉な夢を見たのよ。その夢のなかで、セリアが片脚を切断されていて……。セリアのことはあなたも覚えているでしょ。エディタの家でベンベをしたとき、一緒にいたから。

セリアはガブリエルの妻だけど、すぐれたブルヘリアでもあって、歌や踊りでベンベをとりしきり、死者の霊を呼び寄せることができて、よく儀式で神がかりの状態になって。そんなときは、サンダルを脱いで裸足になったのよ。あるとき、神がかりの状態で一心不乱に裸足で踊っていて、庭にあった鋭い石で足の裏に傷を負ってしまった。知り合いの看護師ホセが応急手当をしてあげた。セリア自身も大した傷でないと楽観的に構えていたけど、その庭では家畜を飼っていて、傷口から病原菌が侵入したようだったの。傷口が膿《う》んできたけど、セリアは病院に行かなかった。

セリアの片脚が切断される不気味な夢を見た翌日、ホセのところに行き、セリアを病院に連れていってほしいって、あたし、頼んだのよ。それでセリアは地元の病院に入院したわ。ただちに医師たちは検査をおこない、セリアが糖尿病を患っていて、傷を負ったほうの足を切断しなければならないって、告げたわけ。で、入院中のセリアを見舞いに行くと、セリアの太股は大きく膨れあがっていて。セリアは切断手術などしたくないと泣いたのよ。

あたしはかぼちゃみたいにふくれた腿をさすってあげながら、命のほうが大事だよ、と慰めた。

セリアには娘がいて、エル・コブレでなくサンティアゴ市内の大病院で手術をするように主張したのね。で、患者の安静を訴える地元の医師団と口論になった。結局、サンティアゴの大病院へ移送して手術することになったの。でも、手術後しばらくしてセリアは亡くなってしまったのよ。

エディタは、セリアがサンティアゴの病院で亡くなったというニュースをどこかで聞きつけてきたようだったの。で、何を思ったか、自分の家でベンベをおこなったのよ。大勢の知り合いを呼んで、夜を徹して太鼓を打ち鳴らして、陽気に歌い踊ったわけ。

セリアとエディタのあいだにどのような確執《かくしつ》があったにしても、それはやりすぎじゃない。そう近所の人たちは思った。以前、セリアが片足の切断手術したときも、まるで人の不幸を喜ぶかのように盛大にベンベをおこなって、近所の人たちの顰蹙《ひんしゅく》を買っていたし。エディタは人の不幸をあざ笑うかのようにベンベをやるくらいなので、きっとセリアの死をねがう祈祷もおこなったはずって、思う人もいたわ。

実は、エディタの知人のなかに、ファナという名の有名な呪術師《マヨンベラ》がいたの。〈パロ・モンテ〉というアフロ信仰の女性司祭よ。人を不幸にしたり殺したりする祈祷を得意としていてね。ひょっとしたらエディタに頼まれたファナが、セリアに呪いをかけたかのかもしれない。

ところが、それで話は終わらなくてね。驚いたことに、セリアが亡くなったその一カ月後に、エディタも喘息で急死しちゃったのよ。

ふたりの死が相継いだことで、町中の人がうわさ話に花を咲かせたわ。

でも、あたしがいちばん恐れたのはこういう話だったの。

セリアには、オヤを守護霊とするブルヘリアの甥《おい》がいたの。オヤっていうのは墓場の入口を護る精霊よ。セリアが亡くなったあと、エディタがお祝いのベンベをおこなっているっていう話を聞いたセリアの親族たちは、やりどころのない怒りに駆られたのね。きっとエディタがセリアに呪いをかけたに違いない、と確信して……。

そこでセリアの親族たちはブルヘリアの甥を呼び、エディタに復讐を企てることにしたってわけよ。あたしの叔父のロドリゴもブルヘリアだけど、叔父によれば、ひょっとしたらフルバーナの枝の粉を使って呪いの儀式をおこなったかもしれないって。

いまセリアとエディタは、同じサンティアゴの墓地に眠っているわ。朽ちた肉体は土のなかでやがて消えてなくなるだろうけど、恨みを抱いた霊魂は癒されずにあたりを浮遊しているかもしれない。

だとすると、セリアやエディタの呪いは、いずれはファナや、セリアの甥にも及ぶはずよ。呪いのかけっこになるに違いないわ。

エディタが亡くなってから、彼女の家は売りに出されたわ。サンティアゴの住民がいったん買い取ったけど、その後、なぜかふたたび売りに出されて。地元の住民は気味悪がって、誰ひとり買おうとしないしね。エディタの家には、呪いをかけられたセリアとエディタの霊がさまよっている。そう住民たちは思っているようなの」

あたしがふたりのブルヘリアの死にまつわる話をし終えると、ロベルトはまるでこの部屋にふたりの霊がいるかのように、薄暗い部屋を見渡した。

この部屋にはそんな霊がいないことはわかっていたけど、たとえ一瞬でもいいからあたしはエディタとその霊のことは忘れたかった。

一方で、ロベルトにふたりの女性の死をめぐる話をひと通りすることで、胸のなかのつかえが少し取れた気がした。これまで叔父や娘を含めて、町の人には誰にも、自分の思いを話したことはなかった。

それでも、どうしてエディタがフリアの病気や死を祝うような、そんな理不尽で不謹慎な行為に及んだのかという謎は消えなかった。

エディタはロベルトのことであたしに対しても恨みを抱いていた。そう思うと、死んでいるとはいえエディタの呪いが怖かった。「生きている人間より死んだ人間による呪いのほうが怖い」と、叔父が言っていた。「生きている人間に恨みを持ち続けるからだ」

ロベルトのための歌の聞き取り作業やふたりのブルヘリアの死をめぐる話で、あっという間に夜は更けていった。

話の内容は、ブルヘリアの恨みや呪いという暗いものだったけど、自分がこんなに饒舌に話したり、笑ったりするのは久しぶりのことだった。そう思うと、いかに普段、世間体を取り繕《つくろ》っているのか実感したのだった。気にしていないようでも、他人の視線を気にしていた。自分は犯罪に手を染めるような人間ではないけど、ホルヘがアルバイトで稼いださささいな金額の税金を払わずに刑務所に入れられたことがあったように、近所の人たちの「密告」が怖かった。いつどんな難癖をつけられるか、わかったものではなかった。

ロベルトは外国人だし、監視社会の「密告」には無縁だった。だから、気兼ねすることなく、自分の思いを話すことができた。

ほどよい疲れを覚えて、ロベルトの肩に凭《もた》れかかった。

ロベルトはあたしが腰にまいていたバスタオルの上からのしかかってきて、強く抱きしめた。あたしも抵抗はしなかった。
古びたベッドが、まるで意志を持っているみたいに、ぎしぎしと音を立てた。

3

サンティアゴ・デ・クーバの宿に戻ってから、三人の祈祷師の死をめぐるロサやテレサの話を思い出していた。フリアの死にまつわるロサの話から、僕は日本語で言う「大往生」という言葉を思い浮かべた。死んでしまえば、どのような死に方でも同じかもしれないが、フリアの死は呪われて死んだ(らしい)セリアやエディタの死とは違うように感じられた。僕はテレサのしてくれた霊の話を単なる迷信だと切り捨てることもできなかった。

僕がエル・コブレで知り合い、強烈な印象を受けた三人の女性祈祷師は、まるで地上から水分が蒸発するかのように、次々とこの世からいなくなってしまった。

現代医学の見地からすると、三人の死因は、糖尿病の合併症に喘息、高血圧と異なっていた。だが、それはあくまで直接的な死因にすぎなかった。間接的には、どの場合も、本人たちの心の問題がかかわっていた。

もう少し正確に言えば、彼女たちの人生は目に見えない精霊によってコントロールされていた。というのも、アフロキューバ信仰の世界観では、ヒトは精霊という人形使いによってたやすく操られる人形なのだから。

まるで飲み込んだ大きな餌を口のなかで咀嚼《そしゃく》しようとするオオムみたいに、僕は頭のなかであれこれ反芻《はんすう》していたのだった。

こうした優柔不断な姿勢が、研究者として二流にとどまる原因かもしれなかった。どちらかに決めて、それに基づいて異文化の現象を記述していれば、もっと楽に論文が書けるかもしれないのに、直接の観察対象ではない事象や人間の細部が気になってしまうのだった。

たとえば、エディタやセリアのやりとりについて、テレサは、まるで昼でも森で鳴くピグミー・フクロウみたいに、いつもより饒舌になって語ったのだった。でも、うきうきした様子はなく、亡くなったエディタに祟《たた》られることを怖がっているみたいに声をひそめていた。それはなぜなのか。テレサの心情を察して、敢えてメモをとらなかった。が、その代わり一言も逃すまいと心に決めていた。

そうした決心をしたのには、理由があった。これまで何度も失敗を繰り返してきたからだった。せっかく〝ロベルト〟と名乗って地元の人との距離を縮めておきながら、好奇心にかられて神聖な儀式や神がかりになった人をカメラで撮ろうとしたことが一度ならずあった。そのたびにその場の誰かに制止され、自分のなかの観光客めいた姿勢に気づかされるのだった。観光客は部外者だから、そうした異国の一回限りの記憶を記録に残そうと思うのである。

キューバの黒人《アフロ》宗教に対する自分のアプローチに問題があった。そもそも最初から、黒人宗教に狙いを定めていたわけではなかった。

初めてキューバにやってくるまでは、十年以上メキシコで混血の聖母〈グアダルーペ〉にまつわる野外調査をおこなってきた。同じスペインの植民地であったキューバでも似たような混淆宗教があるはずだ、と探りを入れていた。だが、キューバのアフリカ奴隷に関する知識が欠けていた。アフリカ人と言っても、一様ではなかった。

なぜキューバに関心があるのですか、と聞かれたり、あるいは、なぜキューバの黒人宗教に興味を持っているのですか、と聞かれたりしても、自分にはうまく答えられなかった。

ハバナの代父の家で知り合った、「口寄せ」のできる黒人の老人にも、問いただされたのだった。どうしてサンテリアの通過儀礼《イニシエーション》などをするのか、と。

そのときは、うまく答えられなかったが、老人の質問を自分自身にぶつけてみて、ひとつだけ気づいたことがあった。

それは研究者としての興味というより、ひとりの人間としての興味だった。

メキシコをあちこち放浪したのも、いま思えば、先住民《インディオ》のサバイバルに興味があったのだった。スペイン人に征服されたメキシコのインディオたちにとって、生きていくための心の拠《よ》りどころはどこにあったのだろうか。自分が思うに、先住民は〈グアダルーペ〉という名の混血の聖母にすがることで、スペイン人による「征服」を乗り越えたのである。

キューバでも、スペイン人と黒人奴隷とのあいだに似たような信仰対立があった。キリスト教徒のスペイン人はアフロ信仰を禁じたが、黒人奴隷たちは信仰を捨てなかった。そこでカトリック教会はメキシコでしたのと同じ方法を取った。黒人奴隷たちが信じている様々な精霊たちに、カトリック教会の聖者や聖女、聖母を重ね合わせて、奴隷たちの改宗をはかった。だが、黒人奴隷たちは表面的にカトリック教会の「聖者」や「聖母」の名前を呼びながら、アフリカの精霊たちを崇《あが》めてきた。

一言でいえば、奴隷たちは「隠れアフロ信仰」という擬装《ぎそう》の戦略をとってきたのだった。黒人奴隷たちのそうした屈折した心を研究者として観察するのではなく、自分で体感したかった。

テレサが小さな扇風機を自分たちの方向に首振り回転させてくれたが、それでも、僕の首筋や腋の下には、まるで小さな虫が蠢《うごめ》いているかのように、ひたひたと汗が湧いてきた。でも、そんな熱帯の暑さは、むしろ快感だった。テレサと同様、ほとんど裸でベッドの上にいたからかもしれない。テレサは「いろいろなうわさ話を聴いて、あとで自分なりに整理しただけ」と言っていた。物語はいろいろな人々によって何度も語られ、まるで浜辺の石がたび重なる海の波によって削られて丸くなっていくみたいに、角が取れて齟齬《そご》や矛盾がなくなっていく。

とはいえ、テレサが言っていたように、矛盾というか謎がすっかりなくなったわけではなかった。最大の謎は、どうしてエディタがわざわざそんな悪天候の日に外出したのか、ということだった。果たして、テレサがほのめかしたように、セリアの死霊やセリアの甥のかけた呪いのせいで、持病の喘息をおして雨のなか、出ていってしまったのだろうか。

セリアには二度会ったことがあった。最初に出会ったのは、エディタが家でベンベを開いてくれた日のことだった。その日、エディタはもうひとりのブルヘリアを呼ぶと言っていた。それがセリアだった。セリアは、エディタの弟ガブリエルの妻だった。妻と言っても、キューバのことだから、正式に籍を入れているかどうかわからなかった。

あのときのベンベでは、セリアが祭壇の前に立ち、呪文を唱えて死者の霊を呼び寄せたのだった。目の威力が強烈で、セリアの前に立つと、僕はまさに蛇に睨まれたカエルだった。セリアが先導して、太鼓と鉦のリズムに合せて、みなでアフリカの精霊をたたえる歌を歌った。太鼓はコンガと呼ばれるものだったが、太鼓打ちが椅子に腰掛け、両脚のあいだに太鼓を立てかけて、両手で打った。

エディタはこの日のための太鼓打ちを手配していたが、ガブリエルともうひとりだけで、ひとり足りなかった。これに鉦《かね》が加わった。何の変哲もない平たい鉄だった。鍬《くわ》とか自動車の部品かもしれなかった。これを短い鉄の棒で叩いた。日本の鉦の音に似ているが、こちらのほうが響きは強烈だった。

海の精霊を讃《たた》える歌になったときに、いつの間にか青地に白を配した〈アフリカの女王〉の衣裳に着替えていたテレサが登場して、フリルのついたスカートを巧みに揺らして踊った。ときに激しく、ときに穏やかに、メリハリを効かせて。

イエマヤーの子たち
儀式のために　行ってしまった

イェマヤーは　わたしたちに川へ行くように言ったのに
わたしたちは　海の水で水浴びしている

テレサは一心不乱にスカートを上下に揺らしながら、まるで岸に打ち寄せる白波になったり、魚になったり、海藻になったりするかのように、狭い部屋のなかを行き来した。

突然、神がかりになった。誰もがそれを畏怖するように見守っていた。やがてセリアが近づいていって、テレサの体を後ろから支えた。テレサを抱きかかえながら、小瓶に入っていた水をテレサのうなじのあたりに振りかけた。それで、テレサは正気を取り戻したのだった。

二度目にセリアに会ったのは、その翌年、テレサの家でベンベを開いたときだった。

セリアは、その顔の怖さに似合わず、実は気配りのできる女性だった。神がかりになったテレサの体を後ろから支えてあげたり、テレサに代わって、参列者にケーキを塗りたくってあげたりして。だから、そんな心根の優しいセリアがエディタに復讐するというのは、とても信じられなかった。

だが、セリアの親族たちが考えるように、果たしてエディタが雨のなか、外に出ていってしまったのは、セリアの怒れる死霊や墓場の精霊オヤに誘われたからなのだろうか。

エディタは、儀式のときに馬のような顔で葉巻をスパスパ吸っていた。だから、喘息持ちというのは意外だった。喘息持ちのエディタが、どうしてわざわざ雨のなかを出かけていかなければならなかったのだろうか。

他にも謎はあった。どうしてエディタはセリアの足の切断手術や死を祝うようなベンベをおこなったのだろうか。

ふたりのブルヘリアのあいだに、どんなわだかまりがあったのだろうか。

テレサの話のなかでは、エディタの弟であり、セリアの夫であったガブリエルは影が薄かった。サンティアゴでの仕事から帰ってきて、姉の家に行ってみると、姉が亡くなっていたという。きっとふたりの女性のあいだで、夫として弟として微妙な立場に置かれていたはずだ。

ガブリエルが何か知っているに違いない。そう直感したが、あのテレサの家のベンベで会ったきり、ガブリエルに会う機会はなかった。あのとき、ガブリエルはエディタのことで何かほのめかさなかっただろうか。


そもそもエディタには二度しか会ったことがなかった。初めてエディタに会った四年前のことを思い出した。

その日は小型トラック《カミオネッタ》を改造した乗り合いタクシーに乗って、サンティアゴからエル・コブレに向かった。エル・コブレの町は、内陸に二十キロほど入ったところにあった。この町はキューバの守護神、混血の〈慈善の処女聖母〉がまつられているカトリック教会で有名だった。

乗り合いタクシーがサンティアゴの市街地を出発すると、ただちに道路の両脇には緑豊かな田園地帯が広がった。三十分ほどでエル・コブレに着き、狭苦しい乗り合いタクシーをおりると、ロウソクやヒマワリを売りつけようとする男たちが、まるで食べ物にたかるハエのように寄ってきた。僕はいらないと首を横に振って、丘の上のカトリック教会に通じる坂道を登っていった。坂を半分ほど登ったところに三叉路があり、その一角にエディタの家があった。家の前のポーチに、男がひとりのんびりと腰をかけていた。のんびりと見えて、実は、通行人を物色しているのだった。人の良さそうな顔つきの男は、ガブリエルと名乗った。初対面だったが、ガブリエルの穏やかな風貌に気を許して、近所に住んでいるホルへのことを訊いてみた。

ホルへは、前年の夏、初めてこの町にやってきたときに知り合いになった男だった。そのときに初めて黒人たちのベンベを見ることができたが、そのきっかけを作ってくれたのがホルへだった。

年齢は三十代半ばぐらいだろうか。肌は黒光りしたような光沢を放ち、背もプロバスケットボールの選手のように高かった。ハイチから連れてこられた、バンツー語系の黒人の血を引いているらしかった。ゆっくりと噛み砕くように説明してくれるホルへの話しぶりに好感を抱いた。

ホルへはアフロ信仰の儀式の手伝いをしている、と言った。だが、夏は儀式が多くないので、カトリック教会の前の露店のひとつで、〈カチータ〉と呼ばれる木製の聖母人形を売っていた。

それ以来エル・コブレを訪れるときには、必ず教会の前の露店で、ホルへの姿を探すか、居場所を聞くことにしていた。

あるとき、ホルへがさりげなく言った。「ホセっていうオレの祖父《じい》さんが山奥に住んでいるんだ。来年、よかったら一緒に会いにいってみない？」

まるで木の上に鳥の卵を見つけた大鷲みたいに、僕はホルヘの言葉に飛びついた。

「それって、どこの山？」

ホルヘは大鷲に餌づけをしている鷹匠みたいに、得意そうな顔をして答えた。

「ちょっと遠いけど……。ホセ祖父さん、ヤシの葉を葺《ふ》いた小屋に、ひとりで住んでいるんだ」

「どうして？」

ホルヘは、まるで大鷲が仕留めた獲物を鷹匠のもとに持ちかえった猟犬みたいにうれしそうな顔をして言った。

「この町がごみごみしすぎてるからだって！」

ふたりは腹を抱えて笑った。

エル・コブレは、そこかしこに熱帯の木々が生い茂り、これ以上ないくらいに緑豊かなところだからだった。

ホルヘが思い出したように付け加えた。

「ホセ祖父さん、空気がよいところに住みたいんだって。アフリカみたいにさ」

そう言われてみると、市街地のあたりは家々が建ち並び、幹線道路にはトラックやオートバイや馬車が頻繁に通っていた。

高原の清涼な空気に慣れた老人には、ここでさえ汚染されているように映るのだろう。

「まるで〈シマロン〉みたいだね」

十九世紀半ばまでキューバでつづいた奴隷制時代には、命がけで山奥に逃げた、〈シマロン〉と呼ばれる逃亡奴隷たちがいた。逃亡奴隷たちは単に山のなかに逃げたのではなく、〈パレンケ〉と呼ばれる聖域《サンクチュアリ》で共同体生活を営んだのだった。アフリカと同じように、木の精霊や川の精霊、先祖の霊などと共に生きることで、自然を畏怖する心を育んだ。

ホルヘは、僕の言葉に肯《うなず》いて言った。

「ホセ祖父さんはババラウォ、サンテリアの司祭だよ。スペイン語とアイチアーノ語（ハイチ風のフランス語、一種のパトワ）を喋るんだ」

「じゃ、ホルヘの祖先はハイチ経由でキューバに連れて来られたんだ？」

「オレの苗字はモリエールだよ。おふくろの苗字だけどね。もともとはフランス系の農園主の苗字さ」

「じゃ、ホルヘの家族は、農園主の苗字をみんな持ってるてわけだ？」

「ホセ祖父さんていうのは、オレのおふくろの親父なんだ」

ふたりのあいだで、しばらく翌年の山登りの話で盛りあがった。

やがてホルヘが申し訳なさそうな顔をして言った。

「明日、娘に会いに行くんだ。娘の誕生日でさ……」

黙って聞いていると、ホルヘは言葉をつづけた。

「離婚した女との間に六歳の娘がいて、いまその娘は元妻と一緒に住んでいる。明日が娘の誕生日だから、プレゼントを何か持っていってやりたい。今度小学校に入るから、運動靴とか……」

前年にホルヘとした山登りの計画を思い出しながら、僕はホルヘの居場所をガブリエルに尋ねた。ガブリエルは素っ気なく答えた。「ホルヘは、いまいないよ」と。

「じゃ、どこへ行ったのか」と訊いても、ガブリエルは肩をすくめるだけだった。煮え切らない態度で、こちらの質問には答えなかった。

本当は知っているのに答えないのか、それとも何も知らないので答えられないのか。

ふたりのやり取りを聞きつけたらしく、中年女性が外に出てきた。エディタと名乗った。ガブリエルの姉だった。

エディタは弟と同様に、肌が煎りたてのコーヒー豆のように黒光りしていた。背もずっと高かった。年齢は、六十歳は越えているかもしれなかった。

ボソボソ喋る弟と違って、まるで軍隊の隊長のように、よく通る声で話した。エディタは自分が〈ブルヘリア〉だと言った。

〈ブルヘリア〉とは、敢えて日本語に訳せば、呪術師かもしれない。でも、当事者は、自分たちがおこなっているのが「呪術」と思っていないので、ここでは「祈祷師」としておこう。

エディタは、以前、小学校の教師をしていたという。エディタと話をしながら、近いうちにベンベの儀式をやるところがないか、と訊いてみた。

エディタは、「ベンベに興味があるならなかに入っていかない?」と、誘った。

僕は、まるで動物の死骸を上空から発見した禿鷲《ピニョーサ》みたいに、その言葉を見逃さなかった。開けられたドアを抜けると、そこは薄暗い居間になっていて、その一角に祭壇があった。

そのとき生まれて初めて、ブルへリアのめくるめくような祭壇を見たのだった。祭壇の上段と中段には、イエス・キリストの写真と肖像画、エル・コブレの慈善の処女聖母の祭礼日のビラ、カトリック教会の聖女バルバラや聖人ラザロの像がまつられていた。

それらのキリスト教の聖具やフィギュアと一緒に、アフロ信仰の真っ黒な肌をした人形や、鉄をつかさどる精霊オグンの容器などが飾られていた。さらに、祭壇のあちこちに占いの木片や、タロットカード、〈アグア・ベンディダ〉と呼ばれる聖水、マラカス、蛇《マハセス》のアルコール漬け、木の根を漬けた酒の瓶、〈チャバロンガ〉という占いの道具がおかれていた。

さらに、祭壇のわきには、ヒダ類の葉や、煎ったトウモロコシの実があり、エスピカ・デル・モンテ(ススキの束)や、ベルベナやアルバカ、マラビスタなどの薬草などが立てかけられていた。こちらはキリスト教とはまったく無縁なアフリカの祈祷師の道具だった。

僕がめくるめく思いを覚えたのは、キリスト教の飾り付けから突き抜けてくるアフリカの野生の息吹だった。

これは、五年前にホルへのおかげで初めてエル・コブレでベンベを見ることができた、その翌年の出来事だった。

4

その頃あたしが代母《マドリーナ》として慕っていたエディタの家に行ってみると、中年の男性がいた。これまで見たこともない人だった。

でも、直感でわかった。母が去年マガリの家のベンベで会った人かもしれない、と。

ベンベで神がかりになった老人をカメラで撮ろうとしていたので、叱ってやった、と母は言っていた。この町は小さいので、外国人なんて、まして東洋人ならば、みんなの知るところとなってしまう。ゴシップの格好の種なのだ。

エディタは、まるで自慢の飼い犬を見せびらかすかのように、嬉々としてあたしをその男性に紹介した。テレサという名前で、民族舞踊をやっている、と。

エディタは男性のことを盛んに「中国人《チノ》」と呼んでいたが、彼はその呼称を嫌がるように「自分は日本人で、ロベルトです」と、自己紹介した。

おかしな人だと思った。日本人のくせに、そんな名前をいうなんて。嘘に決まっている。でも彼はキューバの人が呼びやすいように、そう名乗っているだけだと弁解した。

そして「あなたの守護霊は誰なの？」と、訊いてきた。

「イェマヤーよ、ロベール」と、彼のいうことを信じたふりをして、自分の守護霊は愛情をつかさどる誇り高い海の精霊だ、と答えた。

あたしはどう話をつづけるべきか、迷った。どの程度、この日本人がアフロ信仰について知っているのかわからなかったから。あたしはしばらくためらっていた。

すると、ロベルトは「僕の守護霊はエレグアだよ」と、告げた。それから「黒い聖母像を見るためにレグラの教会にも何度か行ったことがある」と、付け加えた。

あたしはつられて、「あたしの家にもイェマヤーの像があるのよ」と、言ってしまった。本当は、イェマヤーと呼んでないのだけど。

エディタはふたりの会話を聞いて、まるで子猿に毛繕《けづくろ》いをしてもらっているボス猿みたいに上機嫌になった。

そして、あたしたちに気前よく〈サオコ〉を勧めて、みなでまわし飲みした。エディタは豪快に飲んだが、あたしは控えておいた。酒に酔って常軌を逸した行動に出る癖があったからだ。自分でありながら自分でないような、そんな訳のわからない行動に出て、あとで人に聞くと神がかりになっていたと言われるのだった。

それ自体は、精霊が自分に降りてくるわけだから、悪いことではないけど、いまは儀式の最中ではなかった。

そんな姿を初対面の外国人に見せたくなかった。往々にしてアフロ信仰のことは未開人の野蛮な風習だと思われがちだから。

エディタは酒が入るとよけいに舌が滑らかになった。この娘《こ》はいま独り身だからと言い、腰掛けにすわっているロベルトを見おろしながら、馬のような真っ白な前歯を見せて、けらけらと嗤《わら》った。

酒の入った四角い大瓶の中には、二十種類以上の木の根っこが入っていて、根のエキスが酒にとけ込んでいた。木の種類が多いほうが効き目もよかった。なかの酒はアグアルディエンテ(サトウキビ焼酎)だった。同じサトウキビから作る酒でも、発酵させたラム酒に比べると、蒸留させただけのアグアルディエンテは口当たりがきつかった。

この酒は〈サオコ〉と呼ばれているけど、どんな根っこを瓶に詰めるかは、特に秘密というわけでもなかった。でも、そういう根っこはそう簡単に手に入るものでもなかった。

ロベルトがバッグから取り出したノートを片手に「〈サオコ〉は儀式のための酒ですか?」と、エディタに訊いた。

エディタは低くよく通る声で、その隠れた効用を告げた。そして、ふたたび白い歯を見せて、けらけらと嗤った。

ロベルトは頭のなかで、彼女の言ったスペイン語を考えているようだった。

「これはあなたを男にするものよ!」

ようやくその意味がわかったようで、ロベルトはにやっと笑った。

エディタは大人のジョークのつもりでそう言ったに違いないけど、あたしには表現が露骨すぎて、嫌だった。まるでエディタが動物のメスとオスをつがわせようとしているようで。

エディタが祭壇から葉巻を一本取るようにあたしに言い、それを口に咥《くわ》えると、まるで牛が餌を反芻するかのように唇を左右に動かした。マッチで葉巻に火を点けるときに、喉の奥のほうに何度もスパスパと煙を吸い込んだ。鼻の穴から、肺に吸い込みそこねた煙が出てきた。

薄暗い部屋のなかで葉巻の匂いと、線香の匂いが混じりあった。ふとエディタが「占いをしたくない？」と、ロベルトに訊いた。

ロベルトが祭壇の上においてあるタロットカードを見ていたからだった。ロベルトは飢えたピラニアみたいにエディタの撒《ま》いた餌《えさ》に引き寄せられた。

エディタは再びあたしに命じて、祭壇のタロットカードを持ってこさせた。葉巻の煙をタロットカードにプウゥーと吹きかけると、エディタはカードをシャッフルした。それから小さなテーブルの上に一枚ずつ広げた。ロベルトは、ただそれを見ているだけだった。

エディタが何と言おうと、まともにとらないように、とロベルトに忠告したかった。でも、エディタが席をはずさないかぎりそれは無理だった。ふたりだけで隣の部屋に行くのも不自然だったし、そのまま流れに任せるしか手はなかった。

そう忠告したかったのは、エディタの占いがデタラメだからではなかった。むしろ、霊力がこもっているからだった。悪い予告がでてしまったら、ロベルトはそれが実現しないように、防御するすべを知らない。それが怖かった。

ひと通りカードが出そろうと、エディタが口に咥えていた葉巻を左手に持って、ロベルトに告げた。「仕事はうまく行っている。でも愛情関係はうまく行っていない」

ロベルトはそれを聞いて苦笑をした。まるで図星をつかれたみたいだった。

エディタは、悪運を祓う方法を伝えた。「自分の部屋にバラの花を飾って、先祖のためにロウソクを灯すように！」

ロベルトはノートにエディタの言葉を生真面目に書きとめた。

それを見てあたしはほっとしたが、エディタはなおも調子に乗って、「ココナッツ占いもしてみない？」と、ロベルトに訊いた。

ロベルトが不安そうにこちらを見た。そこでロベルトのそばにいき、彼の手をとった。ロベルトはココナッツ占いをやってもらうと答えた。

エディタは冷蔵庫のなかから皿に乗った、一口大に割った四個のココナッツの殻を取りだした。

エディタは、「この占いで何か知りたいことある？」と、ロベルトに訊いた。

ロベルトは、しばらく言い淀んでいたが、あたしに「どのくらい本が書けるのかな？」と、つぶやいた。

「この先、何冊の本を出版できるのか、占ってもらいたいみたいです」と、ロベルトに代わってエディタに伝えた。エディタはグラスに入った〈サオコ〉を口に含んだ。それから四個のココナッツの殻を両手に取り、それを顔の前に持っていき、プウゥーと口のなかの酒を霧状に吹きかけた。

エディタはおごそかに呪文を唱えて、ココナッツの殻を床に投げつけた。出た目は白い部分が三つ、黒い部分が一つだった。

エディタは難しい芸をやってのけた手品師みたいに嬉しそうにココナッツの殻を指で示した。

「三《トレス》！」

「三冊だそうよ」と、あたしはロベルトに伝えた。彼は怪訝そうな顔つきをして「未来にわたってもたったの三冊なの？」と、直接エディタに訊いた。

それに対して、エディタは答えた。「ポル・エル・モメント（さしあたりわね）」

ロベルトがそう考えるのも不思議ではなかった。四個のココナッツ占いでは、どうがんばっても四冊までしか出せないのではないか。

一瞬、自分にもそういう疑問が浮かんだ。もっともあたしにとっては、一冊でも本が出せることが信じられないことだったけど。

問題は、エディタのココナッツ占いにあるのではなく、出た目をどう判断するか、その解釈の仕方にあるのかもしれなかった。ふと閃《ひらめ》いた。ひょっとしたら、三冊の倍数ということもあるし……。エディタの代わりにあたしは「六冊かもしれないし、九冊かもしれない。三の倍数という意味で」と、言ってロベルトを安心させた。

ロベルトは占いのお礼にお賽銭をおいていくつもりのようだった。財布から十ドル相当のキューバの紙幣を取りだして、エディタに渡そうとした。

エディタは首を振って、直接受け取ろうとはせずに、祭壇の上の、陶器の容れ物を指さした。ロベルトはそのなかに折り畳んだ紙幣を入れた。

エディタは「後日、ベンベの儀式をしてあげる」と、ロベルトに言った。彼はまるで好物の餌をもらったハムスターみたいに、嬉しそうだった。

ふたりのあいだで日時が決まると、ガブリエルが機嫌をよくして、ベンベのときの歌を歌った。

アフリカーノ　アフリカーノ
オレはアフリカニート
オレは　よい道を　さがし歩く
アフリカーノ　アフリカーノ
オレは山のアフリカ人

ロベルトが「そろそろ帰らなきゃ」と、言った。

あたしもエディタのところにちょっと寄っていこうと思っていただけだったので、一緒に帰ることにした。

ロベルトは外に出ると「きょうは、ホルヘのことは後回しにするよ」と、言った。

あたしには、「ホルヘのこと」というのが、何のことかわからなかった。きっとロベルトは、ホルヘが警察に捕まったのを知らないのかもしれない。捕まって数カ月たつけど、いつ戻ってこられるのか、家族でさえわからなかった。刑務所から出てこられるまで一、二年はかかるんじゃないかと、近所の人たちのあいだでもっぱらの噂だった。

「もし時間があるならば、家に寄っていかない？」と、あたしは誘った。

そう言ってから、自分でも驚いた。外国人はこりごりだったから。ロベルトに好感を抱いたわけではなかったけど、前に付き合ったことがあるドイツ人とは違った印象を受けた。それに、エディタの家であたしが通訳する言葉を信じてくれた。そのことにも好印象を持った。

家はサンティアゴ行きのバス停の近くにあり、エディタの家から歩いて五分ほどだった。素っ気なく無駄のないコンクリート製の平屋の四角い建物が四軒ずつ並んでいる、そのひとつだった。カストロ政府が革命後に労働者向けに建てた公営住宅だった。父——ムラート（白人と黒人の混血）で、名前は奇しくもロベルトと言った——が生前に母と住んでいた家だった。本当は母の家だったが、母はいま別の家に〈インディオ〉と愛称で呼ばれている男性と一緒に住んでいた。

玄関の小さなポーチを抜けて、ドアをあけると、そこはソファがおけるくらいの、こじんまりとした居間になっていた。居間のドアの脇の床に、敵や災いの侵入を防ぐ精霊エレグアの像をまつっていた。エレグアのそばには、トウモロコシの穂の束があった。それは、カトリック教会の平癒をつかさどる聖人ラザロに捧げるものだった。聖人ラザロは、アフロ信仰ではババルアエという精霊にあたり、病気や伝染病が家のなかに侵入してくるのを防いでくれるのだった。

その他にも、エレグアの色である赤と黒の細長い布切れを巻きつけた箒《ほうき》や、マンテカ・デ・コロホと呼ばれるココナッツ・オイル、エレチョと呼ばれるヒダ類の入った壷、聖人ラザロの絵、祈祷文などが一緒に飾ってあった。アフロ信仰の聖具や道具を飾っているのは、この辺りでは珍しいことではなかった。

居間の片隅には、真っ青な衣装をまとった真っ黒な人形が鎮座していた。エディタの祭壇にもあった女性の人形だった。

ロベルトはそれを見て、「イェマヤーだね」と、言った。

「こちらでは〈アフリカの女王《レイナ・アフリカーナ》〉と呼ぶのよ」と、あたしは答えた。「これと同じ衣装を着てベンベで踊るようにってエディタに言われたのよ」

ロベルトは「〈アフリカの女王〉の踊りは、どんな踊りなんだろう?」と、訊いた。

あたしは想像上の青と白の衣装を大きく揺らしながら答えた。「イェマヤーの踊りと変わらないわ。海の精霊だから、こうやって波を表現するのよ」

ロベルトはこちらの動きを真似て、まるで曲芸を仕込まれたサーカスのクマみたいに、滑稽に踊った。

下手くそな踊りに、こちらは苦笑するしかなかった。

ひょっとしたら、そうやってあたしを笑わせようとしたのかもしれなかった。だとしたら、下手な芝居ね。

台所のほうにロベルトを案内しながら、七月にサンティアゴ市内で開催される一大イベント〈炎の祭典〉を知っているかどうか尋ねた。

「あたしの属しているグループが〈逃亡奴隷《シマロン》〉の踊りをやるのよ」と、あたしは言った。「エル・コブレの〈逃亡奴隷の集会《カビルド・デ・ロス・シマロネス》〉という団体でね。さっきガブリエルが歌っていた〈山のアフリカ人〉っていう歌も、逃亡奴隷をテーマにしたものよ。サトウキビ畑や製糖工場で働かされていたのは〈大地のアフリカ人〉だけど、〈山のアフリカ人〉は山奥に逃れた逃亡奴隷のことなの」

ロベルトは「〈シマロン〉のことは知ってるよ」と、言った。「ホルヘから聞いたけど、いまでも、お祖父さんが〈シマロン〉みたいに山奥で暮らしているって」

ロベルトを台所の椅子にすわらせて、コーヒーを淹れることにした。

パーコレータにコーヒーの粉を入れようとして背中を向けていたとき、ふとロベルトが単刀直入に「どうして結婚しないの?」と、訊いてきた。

ロベルトはスペイン語が下手だけど、キューバ人みたいにストレートな口のきき方をする。

あたしも率直に「実は、ドイツ人と結婚していたことがある」と、答えた。「実は一年半だけ、ドイツのバイエルン地方に住んでいたことがあるの。夫のブルーノとはサンティアゴで会った。宗教人類学者で、キューバ東部のアフロ信仰を調査にきていて。こちらにいたときは、意気投合して楽しかった。でも、結婚して、ふたりでドイツに移り住むと、ブルーノは、いつも地元の友達とサッカーの試合を見にバーに行ってしまって。あたしは家にひとり取り残されて」

確かに、キューバでは、外国人と結婚すると、外貨を持ち帰ることができるので、本人のみならず家族にとってもありがたい話だった。

「国際結婚は、いわば金のなる木よ。だけど、あたしは外国での孤独な暮らしが嫌でたまらなかった。あたしが離婚したいと言うと、ブルーノはお金をいっさい出さない、と突っぱねたの。でも、ドイツ語とスペイン語の両方ができるコロンビア人の女性に助けてもらって、裁判所に訴え、なんとか航空運賃と少しの慰謝料をもらうことができた。その点、ドイツという国は女性に優しかった。幸い、あたしとブルーノとのあいだには、子どもはできなかったわ」

あたしは初対面の人に、まるで親族に話すかのようにあけっぴろげに喋っていた。

ロベルトはこちらの暗い過去の話を、まるで日向においた観葉植物みたいに、目をきらきらさせてまぶしそうに聞いていた。

それで調子に乗って、聞かれてもいないことまで喋ってしまった。「昔、キューバ人とのあいだに出来た子どもがいるの。あたしが十代の頃に産んだ子で、いま十五歳よ」

ロベルトは好奇心にかられたように訊いた。「相手の男とは結婚しなかったの?」

そうした興味本位な質問に対しても、ごまかさなかった。身の上話を聞いてくれる人がいるのが嬉しかったから。「お互いに若かったし、経済的に頼れるような人じゃなかったから。あたしにしても、子どもがほしいだけだったし……」

急にロベルトが「頭がくらくらする」と言った。〈サオコ〉の酔いがまわってきたのかもしれなかった。

ロベルトが横になりたいと言った。

コーヒーを淹れようとしていた電気コンロの火を止めて、白っぽいレースのカーテンで仕切られただけの寝室へロベルトを連れていった。

薄暗い小さなスペースで、小さな木製のシェードが少し開いていた。古びたベッドのマットレスの上に、すり切れたシーツが敷いてあった。自分の恥部を見せるようで、恥ずかしかったけど、いまロベルトを休ませてあげられるところはそこしかなかった。

ロベルトは靴を脱ぎすて、そのままベッドに横になった。

プラスティック製の腰掛けの上においたちっぽけな扇風機をロベルトの方向に向けてあげた。扇風機が淀んだ空気を少しだけ乱すのを確認すると、ロベルトがまるでサトウキビ畑の赤土が雨水を吸い込むかのように、あっという間に深い眠りに落ちるのを見守った。

それから、レースのカーテンを手で払って部屋の外へ出た。

5

夕暮れの湿地帯にいた。

あたりは熱帯特有の熱気に包まれていたが、水のなかにいるせいで涼しかった。白地のレースのような霧が湿地帯全体を覆っていた。

岸辺の木々は、暗緑色のシルエットをなしていた。

ときどき遠くのほうから、さびついた金属を力強くこするような、ケーン、ケーンという雉《きじ》の鳴き声が聞こえてきた。身近なところからは、子どもの笑い声のような掠《かす》れたジュウシマツの鳴き声が響いてきた。

子どもの頃だったら、このようなうす気味悪い場所には到底いられなかっただろう。

見知らぬ場所にひとり取り残されるかもしれない。そう感じながら、異常なほど怯えていただろう。

いまでも臆病であることに変わりはないが、いろいろと修羅場をくぐり抜けてきたことで、そうした不安は少しだけ飼いならせるようになった。

下のほうから、ぶくぶくと小さな音を立てて、卵が腐ったような臭いが匂ってきた。じっと目をこらすと、こちらではヒコテアと呼ばれている小さな陸亀が、水際の黒光りしている土の上をのろのろ動いていた。

自分の背丈より数倍高いように見えた岸辺の木々は、低く群れなすマングローブの木だった。まるでイグアナが立ちあがって首をもたげて何かを探しているかのような枝のかたちで、そうとわかった。

知らないうちにメスのヒキガエルの背中に被いかぶさっていた。両腕でメスをおさえつけて、背後から交尾をしているのだった。

メスのヒキガエルは何百という卵子を排卵していた。

一瞬びくっとしたが、自分の下半身が大きく膨らんで気持ちがいい。

ヒキガエルと交尾していても、不思議なことに、意識は人間であることに変わりなかった。これがエディタの言っていた、あの強精酒の効果なのだろうか。

ぼんやりとした意識のなかでそう思いながら、ヒキガエルの背中に自分自身をしきりにこすりつけた。

メスのヒキガエルの背中は黒ずんだ茶色で、表面にいくつもの突起があった。

体を動かすたびに、胸から下半身にかけてその突起が当たり、コリコリと心地よい刺激を覚えた。

ふたたび雄が金属のこすれたみたいな音を立てて鳴いた。オスがメスを誘っているのだった。メスの雄も高音でチュチュと応答していた。何と言っているのかわからなかったが、なぜか求愛の声であるのは理解できた。

ジュウシマツの鳴き声は、まるで性の営みのためのローションみたいに、やさしく響いた。

体が次第に湿っぽく火照《ほて》ってきた。休みなく腰を動かしていると、動悸が激しくなり、呼吸が苦しくなった。それでも、動作をやめなかった。

下にいるメスは、いきばりながら排卵の作業に集中していた。

いまこの動作をやめたら、せっかくメスが産んだ卵が死んでしまうかもしれない。

自分の義務は、大勢の卵たち、未来の子孫たちに、自分の精液をかけてやることだった。

そう思いながら、必死で自分の下半身をメスの背中にこすり合わせ、射精までこぎつけようとした。

でも、何かうまく行かない。

「ただ見ているだけじゃ利根川なんか、とても越えられないよ」

少年時代にさんざん聞かされた母親の言葉が脳裏に浮かんだ。

母は、何ごとも行動に移すことの大切さを、そういう喩えで説いたのだった。

でも、ムキになればなるほど、かえって萎《な》えてしまう。

アフリカーノ　アフリカーノ
オレはアフリカニート
オレは　よい道を　さがし歩く

ガブリエルが歌っていた逃亡奴隷の歌が聞こえてきた。

まるで、そんな理不尽な義務感から逃げろ！　と言っているようであり、それとは逆に、大事なミッションをやり通せ！　と言っているようでもあった。

金縛りにあって、前に進むことも後ろに退《しりぞ》くこともできなかった。

やがて、どこからともなくもう一匹の大きなオスのヒキガエルがあらわれて、上にのしかかってきた。

メスと間違えたらしい。

それで思わずグーグーと不満の声をあげた。

なんだよ。

そいつは、前足の六本目の指でがっちり、こちらちの横腹をロックしていた。

おさえるツボを本能的に心得ているらしかった。

妙なことに、後ろから抱きすくめられることに心地よさを感じた。

なぜかそいつを振り払うことができない。

いや、振り払いたくなかった。

そのまま、じっとしていたかった。

次の瞬間、突きとばされていた。

背中から湿地の水のなかに落ちた。

水が跳ねてあたりに飛び散った。

泥がクッションの役割を果たしてくれた。

近くで藍藻類《らんそう》をついばんでいた二羽の淡紅色をした巨大なフラミンゴが、バタバタと騒音を立てて空に飛び立った。

羽が作りだした突風で、まるでハリケーンが来たみたいに、波しぶきがかかった。

まるで鰐が幻の羽を広げて飛び立ったみたいに、恐ろしいほどの迫力だった。

突風で仰向けに倒れたが、本能的にくるりと半回転すると、百メートル競争のスタートラインにつくみたいに、四つん這いになった。

あのメスを狙っていたらしい、もう一匹のオスがいそいそと逃げていく姿がかすかに見えた。

葦《あし》の生い茂るあたりを見まわし、メスのヒキガエルを探したが、片目に泥が付着していてわからなかった。

すると、目の端に先ほどのヒキガエルが猛然と襲ってくる姿が映った。こちらを恋路の最大のライバルとみなして、追いおとしにかかってきたらしい。

まるでこちらに一目散に向かってくる闘牛のようだった。

恐怖心に押しつぶされそうになった。

この恐怖に打ち勝つことができないと、やられてしまう。

とっさにあることを思いついた。

いきなり斜めに体を傾けると、そいつのゴムのような弾力のある前脚をつかんだ。それから、背中から後ろに倒れながら、後ろ足でそいつの腹部を思いっきり蹴った。

本能的に自分のライバルに対して、少年時代に習った柔道のともえ投げをかけていた。

そいつはくるりと宙を舞い、どさっと泥水の上に落ちた。

こうした敗北はまったく予想していなかったようで、あたふたと退散した。

心の余裕ができたので、目を凝らしてふたたびメスのヒキガエルを探した。

アフリカーノ　アフリカーノ
オレはアフリカニート
オレは　よい道を　さがし歩く
アフリカーノ　アフリカーノ
オレは山のアフリカ人

ベッドから床に落ちていた。

こちらが立てた音を聞きつけて、どこからともなくテレサがやってきた。

寝ぼけまなこで立ちあがると、テレサの後について、台所のテーブルまで歩いていき、椅子に腰をおろした。

性的なニュアンスは省略して、大きなカエルの夢を見たことを話した。

「ヒキガエルはこちらでは〈サポ〉と呼ぶのよ」と、テレサは言った。

僕は少し前にハバナで、ヒキガエルの、アフリカ伝来の黒魔術的な使用法について、アマウリから聞いたことがあった。

アマウリは、サンテリアの「義兄弟」だった。ふたりとも同じハバナの黒人司祭のもとで、イニシエーション(入信式)をおこなった仲だった。

アマウリによれば、死んだヒキガエルの皮を何日間も強烈な太陽のもとで日干しにして、その後、やすりで砕いて粉末にするのだという。その粉末をこっそり食べ物や飲み物にまぜると、それを食べたり飲んだりした者は腹が異常に膨れて激痛に襲われるらしかった。ときには、死ぬ場合もあるという。

アマウリは、その他の黒魔術にも通じていた。たとえば、数種類の木の枝《パロ》をヤスリで粉末にして、代父に頼んでそれに生気を吹き込んでもらう。その後、服用薬みたいにパラフィン紙に包んで持ち運び、狙いをつけた人の背後から吹きかける。すると、粉末を吹きかけられた人は、まるで自分の意志を失ったかのように、こちらの思い通りになるのだという。

ある日、アマウリが代父の家のベランダで三本の細い枝をヤスリで削っていた。

それでアマウリのあとを追って、黒魔術の準備をするのをじっと見ていた。

いったい誰に呪いをかけようとするのだろう。僕はしつこく問いただした。

アマウリは頑固な山羊に根負けしたみたいに、仕方ないといった顔で、職場の上司たちが相手だと答えた。

アマウリは、休日を返上してやっているアルバイトで得ている金を上司たちにせびられているらしかった。

アマウリは東部グランマ州出身の白人だった。地元の大学で建築学を学び、公共施設を建てる仕事に従事していたが、十年前にハバナに出てきた。

故郷には両親と妻と子どもたちを残して、ハバナ行きは一種の出稼ぎのつもりだった。ハバナでの正規の仕事としては、建設公社に所属して、古くなった建物の改修を手がけていた。その一方で、日曜日にはアルバイトもしていて、ベダード地区やプラーヤ地区など、比較的裕福な住宅地で、個人宅の修理工事を請け負っていた。

一種の公務員だから、そのように抜けがけでやっている仕事は、うるさいことを言えば「違法」だった。キューバの平均月収は、四千五百円(千三百七十五ペソ)ぐらいだったが、アマウリの副収入はその数倍あるようだった。

上司たちは、どこかでアマウリのそうした副収入の話を聞きつけ、たかろうとしたのだった。

台所にコーヒーの香ばしい匂いが広がった。

テレサが小さなパーコレーターを使って、コーヒーを淹れていた。

テレサは得意げな顔をして、「エスプレッソで飲むサンティアゴのコーヒーがキューバで一番よ!」と、言った。

デミタスカップに入った砂糖入りのエスプレッソを啜った。確かに、テレサの言う通り、ほどよくコクのある美味しいコーヒーだった。ほんのひと口分しか入っていないのが残念だった。

家の入口のほうで音がして、テレサの娘が顔を見せた。中学校から帰ってきたところだった。娘は伏し目がちに、挨拶した。名前はメルセデスといった。肌がコーヒー豆のように黒く輝いている母と違って、ムラータ特有の透き通るような褐色をしていた。母の体がまるでサバンナを疾走するチーターみたいに引き締まっているのに対して、少しふっくらとしていた。母が歌手のセリア・クルースのようにハスキーな声なのに、メルセデスはあどけない子どもの甘ったるい声をしていた。まだ雛鳥のような初々《ういうい》しい小娘だった。

テレサはまるで自分の受け持ちのクラスの子を自慢する小学校の先生みたいに嬉しそうに、「ロベールったら、〈サポ〉の効用のことまで知っているのよ」と、娘に言った。

それから、まるで一週間前の献立を思い出すかのように、こわばった表情をして「〈サポ〉は、人を呪うために使われるだけじゃない。薬としての効用もあって、耳腺の分泌物は心臓病に効くのよ」と、付け加えた。

テレサの物腰は、エル・コブレのような辺鄙なところに住んでいるにしては洗練されていた。やはりドイツで暮らしたことがそうさせるのだろうか。まるで一本足でもうまくバランスを取っているフラミンゴみたいに落ち着いていて、危なかしいところがなかった。

テレサは薬草類《イエルバ》の効用についてもよく知っていた。「こちらで〈サビラ〉と呼ばれるアロエの絞り汁は、肝臓や腎臓の病に効くし、喘息にもいい。それに、膀胱の浄血剤にもなる。サンティアゴにいる叔父がブルヘリアで、そういったことに詳しいのよ」

テレサが、まるでとっておきの餌を釣り針につけた釣り師《ペスカドール》みたいに、ひどく思わせぶりにそう告げた。叔父はロドリゴという名前で、テレサの母の弟に当たるらしかった。

「今度、叔父の家で、厄祓いの儀式をやるのよ」と、テレサは言った。

僕はまるで蛸が発作的に目の前の餌に飛びつくみたいに、その言葉に飛びつき、言った。

「その儀式を見物できないかな。叔父さんに許可をもらってくれない?」と。

テレサは首を横に振り、「あなたが直接頼んだほうがいいよ」と、言った。

その通りだった。テレサの叔父さんにも会ったことがないのに、そんな安易な考えはよくない。

テレサがキューバの格言を教えてくれた。それは「カダ・オベハ・ブスカ・ス・パレハ(羊はおのおの、自分のパートナーを探す)」という格言だった。無理やり日本語に置き換えれば、「旅は道連れ」だろうか。

新しい「旅の道連れ」を見つけた気がした。

ホルへにはいつ再会できるかわからなかった。でも、この町で祈祷師のエディタに出会ったことで、テレサとも知り合うことができ、また新たな展開が生まれそうな予感がした。

僕はその厄祓いの日にテレサとサンティアゴのバスターミナルで待ち合わせて、叔父の家を訪ねることにした。

　これが四年前に初めてエディタに出会い、エディタの家でテレサと知り合い、その後テレサの家を訪れたときの経緯《いきさつ》である。

6

叔父はサンティアゴのモンカダ通りで露店を出していた。エル・コブレの森で薬草《ガホス》や木の根や枝を調達してきて売っていた。

この通りは、地元民によって愛称で〈ブルヘリア通り〉と呼ばれていた。強い日差しの照りつけるなか、灰色の埃でいっぱいの道路に、朝から晩までブルヘリアが使うものを売る露店がたち並ぶからだった。

ブルヘリアとは、もっぱら植物や動物をつかって厄祓いの「仕事」をするアフリカ系のキューバ人のことだ。

ブルヘリアという名称は、スペイン語のブルホやブルハ(魔術師・魔女)に由来する。スペイン語でパンを売る店がパナデリア(パン屋)で、人の髪《ペロ》を切る店がペルケリア(床屋・美容院)ならば、薬草や動物をつかって、依頼人の悩みや問題を取り除くために「厄祓い」や「悪魔祓い」を生業《なりわい》とするのがブルヘリアだ。

ブルヘリアの大半は黒人なので、白人のキリスト教徒たちが邪教扱いをして、そうした魔女に由来する名称をつけたに違いない。

ブルヘリアの仕事は、厄祓いをおこなう以外にも、ベンベと呼ばれる、太鼓を使った歌と踊りの儀式をとりしきったり、儀式の歌を先導したり、薬草から作った薬を患者に与えたり、神がかりになって死者の口寄せをしたり……。要するに、ブルヘリアは何でも屋だった。

あたしも母に連れられて、よくこの通りにやって来た。母もまたブルヘリアだった。母は忙しい叔父の代わりに店を切り盛りして、客たちにどの薬草が病気に効くのか、どの木の枝が人を呪うのに有効なのか、あれこれアドバイスしたものだった。自分もいつの間にか自然とそういう知識を身につけていた。

店にやって来るのは、白人であれ黒人であれ、一般人が多かった。かかりつけのブルヘリアに指示されて、厄祓いに使う薬草類を買いにくるのだった。

それらの薬草類は、それぞれおおざっぱに群れというか塊をなしていた。まるで生き物たちが折り重なりあって休んでいるかのようだった。雑然としているように見えるけど、実は、母や叔父によってきちんと選り分けられていた。

〈パロ〉と呼ばれる木の枝や根っこもあった。それらは、それぞれほぼ均等に二、三十センチに切り揃えられていた。自分はやったことがないけど、それらは木屑というか木の粉にして、人を呪うときに使うものだった。ロベルトによれば、彼の「義兄弟」がパワハラをしかけてくる上司をこらしめようとしたように。

キューバのスポーツ省のスカウトが将来オリンピック競技やワールド杯に出るかもしれない身体能力に優れた児童を全国から選びぬいてくるように、これらの根っこや枝たちも、そんな選びぬかれたちびっ子みたいに、莚《むしろ》の上にきちんと整列していた。

〈ブルヘリア通り〉には、別の種類の品物を売っている露店もあった。通りの入口に、民間療法の薬の小瓶ばかりを並べていたのは、二十歳《はたち》前の少年とその姉だった。

叔父によれば、四十年以上前に、この界隈で〈ラ・チーナ〉と呼ばれている中国人女性がブルヘリアの仕事を始めたらしく、それがいまではこの〈ブルヘリア通り〉に発展したようだった。創始者の中国人女性は、この姉弟の祖母にあたるらしかった。

少年の肌の色は黒かった。目はややつり上がり、どことなく東洋風の面立ちだった。姉のほうには東洋人の面影はなかった。スペイン人と黒人の混血、ムラータだった。

ある日、母に頼まれて、その姉弟の店にプルーを買いにいったことがあった。プルーというのは、炭酸飲料みたいに爽やかな飲み物だった。

姉のほうに「プルーある?」と聞くと、ここにはない、という返事だった。

「おばあさんの家まで来て」と、彼女は言葉をつづけた。

母から預かった空の大きなペットボトルを持って、彼女についていった。それは、大通りを挟んだ向かいの大きなコロニアル風の建物だった。鉄枠のついた小窓から小瓶に入ったプルーを買うことになっていた。

大きな空のペットボトルを見せると、小窓の向こうにいた中年女性は「ここからじゃなく、ドアを開けてなかに入ってきて」と、言った。

大きな扉の一部がドアになっていて、それを開けて、なかに入っていくと、そこは天井の高い薄暗い居間になっていた。床はむき出しの土間だった。揺り椅子がいくつもあり、そのひとつに老女が腰をかけていた。

中年女性はペットボトルを受け取ると、奥のほうに消えた。目が部屋の暗さに慣れてくると、老女の姿がよく見えてきた。背は小さく、皺だらけの東洋人の顔をしていた。八十歳は超えているようだった。

老女がしわがれた声で、「お嬢さん、そこにおすわりなさい」と、椅子を勧めた。

おとなしく一番近くにあった揺り椅子に腰をかけた。

「お嬢さん、どこから?」

「住んでいるのはエル・コブレですけど……」

「プルーはお好き?」

「ええ、なんだか健康にやさしい味がします」

「その通りよ」と、老女は言うと、まるで歳をとった猿みたいによろよろと隣の部屋に歩いていき、黒い表紙の、分厚い辞書のような本を持ってきた。それはだいぶ古びて縁の部分がすり減っていた。

「ここに書いてあるのよ」と、老女は膝の上で本のあるページを開いて、説明しようとした。「こっちへいらっしゃい」

あたしはさっさと用事を済ませて、帰りたかった。

「プルーというのは、中国人が開発した飲み物なのよ」

こちらが不審な顔をしていても、老女は構わずに言葉をつづけた。

「プルーはね、ここに書いてあるように、いろいろな薬草や木の根っこを容器に入れて、水と砂糖を足して密閉しておくと、なかの液体が発酵を始めるのよ」

なるほど、ハーブ発酵飲料なのね。それで炭酸飲料みたいにガスができるってわけなんだ。あたしはそのことに初めて気づいた。

「薬効もあるの。高血圧に効くって。これって血圧を下げる抗酸化飲料なのよ。グルコン酸も入ってて、老化防止にも使えると唱える学者がいるくらいよ」

奥の間から、さっきの中年女性がプルーを入れたペットボトルを持ってきた。「待たせちゃってごめんなさいね」と言い、ペットボトルを差しだした。

母から預かった一CUC紙幣をズボンのポケットから取り出して、女性に渡した。一CUCもあれば缶ビールが買えるので、とてももったいなくて、自分ではプルーなど買う気にならなかった。

あたしにとっては贅沢品だった。

「ちょっと飲んでかない?」と、老女が言った。

「ええ?　これは母のものだから」

「そうじゃなくて、ご馳走するわよ。ほら、グラスに入れてきてあげて」と、老女は中年女性に言った。

中年女性は再び奥の間に消えて、しばらくしてグラスに入った飲料を持ってきた。ペットボトルに入ったものと同じ茶色をしていた。冷蔵庫に入っていた容器からグラスに入れてきたらしく、冷たくて喉ごしが爽やかだった。火照《ほて》った体に炭酸ガスの美味しい液体が染み入るようだった。

あたしはプルーのお礼を言った。

老女は「またいらっしゃい！」と、皺だらけの顔に笑みを浮かべて言った。失礼だけど、何度見ても歳とった猿みたいな顔だった。でも、優しい女性であることには変わりはなかった。

外に出てみると、陽射しがきびしかった。わずかばかりしかない日陰に、あのムラータの娘が待っていた。

まさか外で待っているとは思わなかった。親戚ならば、なかに入ってくると思ったから。姉弟の露店に戻りながら「どうしてなかに入ってこなかったの？」と、訊いた。

「なんとなく入りずらいのよ」と、意外な返事が返ってきた。意外というのは、一見図々しそうな顔をしているのに、繊細なところがあるんだな、と思ったからだった。

「どうして？」

「あそこのおばあさんは、わたしとは血がつながっていないし」

「どういうこと?」

「弟の祖母なのよ。わたしの祖母は別にいるの」

「お父さんかお母さんが違うってこと?」

「そう、弟とわたしは、母は一緒だけど、父が違うのよ」

「弟の父は中国系で、その父の母、つまり、弟の祖母があそこのおばあさんよ。わたしの父には中国人の血は混じっていないし」


キューバには、両親が再婚してできた、そうした義兄弟姉妹がたくさんいる。スペイン語では、メディオ・エルマノとかメディア・エルマナというけど、要するに、半分だけ血を分けた兄弟姉妹のことだった。

あたしには、弟がひとり、姉妹がふたりいたけど、両親は一緒だった。父は自分が幼い頃に死んでしまい、母は再婚したけど、子どもはできなかった。だから、その辺の事情に疎《うと》かった。家族のなかで結構仲良くやっている義兄弟姉妹同士でも、その親戚となると、付き合いに微妙に気を遣《つか》うところがあるということがわからなかった。

ロベルトを叔父に紹介することになっていた日の朝に急用ができてしまった。ロベルトにはひとりで叔父の家に行ってもらうよう、宿に電話をしておいた。この前エル・コブレにやってきてから何度か、ロベルトは〈ブルヘリア通り〉に行ったみたいだった。叔父の家は、そこからすぐ近くにあった。

「たぶん迷わずに行けるよ」と、ロベルトは言った。

あたしが娘と一緒に遅れて叔父の家に行くと、すでにロベルトも母もそこにいた。母は「とっちめてやったわ！」と言っていたくせに、その言葉とはうらはらに、ロベルトに対する態度は、まるで旧知の仲のように親しげだった。

母はすぐにあたしとメスセデスをうながして、一緒に奥の部屋にある祭壇のほうに行き、道具類を整えたり、ロウソクに火を点けたりして、儀式の準備を始めた。

あたしは奥の部屋からやってきた叔父にロベルトを紹介した。

「ブルヘリアの仕事を見たいというので、連れてきたわ」と、言った。

叔父は、異を唱えなかった。

依頼人がやってきて、玄関で叔父の妻ロサが対応していた。

驚いたことに、それはあの露店の中国系の少年だった。

叔父はすでに若者から厄祓いをしてもらいたい事情を聞き出していたようだけど、あたしたちには知らされていなかった。たいていブルヘリアに相談に来る者には、仕事上のトラブル（上司や同僚のいじめ）とか、家庭内のトラブル（嫁姑のいさかい、お金や遺産の問題）を抱えているのだった。だから、この子の場合、家族や親戚のあいだでのお金のトラブルかな、とあたしは睨《にら》んだ。でも、それ以上の詮索《せんさく》は不要だった。叔父が口寄せをしてあげるのだから。

問題やトラブルが何であれ、きょうのあたしたちの仕事は、叔父と一緒に、この子の厄祓いをしてあげることだった。乾いた大地に水を注ぐように、歌やお祈りでこの子の荒《すさ》んだ心を潤してあげるのだ。

叔父が低い声で指示を出した。

あたしと母と娘、叔父の妻の四人の女性が若者を取り囲むように祭壇の前に立った。

叔父がグラスに入った聖水で自分自身の首飾りを浄《きよ》め、油の入った缶にライターで火を点けた。炎が精霊たちを呼び寄せるのだ。

叔父は緑色の頭巾をかぶった。それから、左手に緑の葉のロンペサラウェイやペレヒル、ピニョンなどの薬草《ガホス》類の束をもち一座を浄めた。サトウキビ焼酎を口に含み、祭壇の前の道具類に向かって、プウッーと吹きかけた。葉巻を咥《くわ》えて火を点け、火の点いたほうを口になかに入れ、いったん煙を吸い込んでから道具類に吹きつけた。手鈴《カンパーナ》とマラカスを鳴らし、精霊たちを招喚《しょうかん》した。

叔父にうながされて、若者は祭壇の前の莚《むしろ》から立ちあがった。

叔父が歌を歌い始めた。あたしたち女性陣が叔父の告げる歌詞を繰り返した。

祈ります　祈ります
エレグアの子どもたちは　祈ります

エレグアが　道をあけてくださるように
祈るすべての子どもたちのために

歌が終わるたびに、叔父はサトウキビ焼酎をラッパ飲みし、葉巻を咥《くわ》えた。あたしたちもグラスに入った焼酎をまわし飲みした。

あたしの母が祭壇の葉巻を一本手に取ると、ロウソクで火を点け、スパスパと喫《す》って、あたりに煙をまき散らした。今度はあたしが音頭を取って歌を歌い始めた。

ルクミ　ルクミ　わたしは　コンゴ　ルクミ
ルクミ　ルクミ　わたしは　コンゴ　ルクミ

わたしはコンゴ　ルクミ　わたしはコンゴ　ルクミ
わたしはコンゴ　ルクミ　わたしはコンゴ　ルクミ
ルクミ　ルクミ

サトウキビ焼酎の酔いも手伝って、何曲も歌っているうちにだんだんその場が熱を帯びてきた。

葉巻の煙が漂う薄暗い部屋に、ロウソクの灯りだけが揺らめいていた。

叔父がいきなり頭部と上半身を震わせて、何かに取り憑かれたかのように落ち着きがなくなった。母がまるで天竺鼠《てんじくねずみ》みたいに、すばやい動きで叔父の身体を両腕で支えて、若者に「近くに来なさい！」と、言った。

若者はその言葉に忠実に従おうとしたけど、蛇に睨まれたカエルみたいに身動きできなかった。叔父は、まるで蛇が餌食のカエルを逃すまいとするかのように、若者の顔をまっすぐに見据えた。そして、低くくぐもった声で何ごとかを呟《つぶや》いた。

ただちに母があいだに割って入り、若者の耳もとで叔父の言葉を通訳した。そのたびに若者は軽く肯《うなず》いた。

しばらくして、母が哺乳瓶に入った香水を叔父の首の襟足あたりに吹きかけると、ようやく叔父は正気を取り戻した。

叔父は、一座の者たちを自分のところに呼び、祭壇の前でひとりずつロンペサラウェイの束で頭から足まで身体を浄めてお祓《はら》いをした。

儀式が始まってから、ゆうに一時間はたっていた。

若者はまるでスポーツをした後のように、すがすがしい疲労感を感じているようだった。

儀式にかかわったあたしたちも同じだった。

7

ロドリゴの家で厄祓いの儀式があった数日前のことだった。

僕はテレサに教えられた、〈ブルヘリア通り〉に行ってみた。通りの両脇に露店がいくつも並んでいた。そこで売られているのは、アフロ信仰で使う薬草や木の枝や根っこ、儀式で生贄につかう鶏や鳩、カトリック教会の聖女バルバラや、犬を連れた聖人ラザロなどの聖人フィギュア、民間療法に使われる薬(強壮剤、腹痛止め、喉痛止め、不妊症の特効薬や水の浄化するための薬)などだった。

ホセ・マルティ大通りに接する絶好の位置に露店を出していたのは、レイナルドという名の中国系の若者とその姉だった。姉弟のふたりは並んで立っていたが、顔はまったく似ていなかった。とてもきょうだいには見えなかった。きっと彼らの祖先には中国人以外にも、黒人や西洋人や中東人などがいて、多様な血が混ざっているに違いなかった。

レイナルド少年は、細い釣りあがった目をして、顔に東洋人の痕跡を残していた。だが、片言《かたこと》でも中国語を喋るわけではなかった。喋るのは、キューバのスペイン語だけだった。

小さな露台には、親指ほどの大きさの小瓶がびっしり並んでいた。黄や赤や青や緑の色染めの原料が入っていた。透明の液体や色の異なる粉末が入った小瓶もあった。

レイナルド少年は話すときに吃音になったが、商品について一つひとつとても丁寧に説明してくれた。

「こここ、これはセセッカイで、掃除するときに、バババケツのなかの水に、溶かして使うんだ……。ここ、これカカオ・オイルで、頭髪につけると、とととてもいい匂いがするよ……。ここ、これはココナッツ・オイルで、蜂蜜とまぜて飲むと、ののの喉の痛みに効く……。ほかに、アアアホンホリ、ペプサ、アアアルカンホル、アアアンモニアもあるよ……」

すぐには必要なかったが、お付き合いで一個五ペソのカカオ・オイルを買うことにした。少年は、たった一個の小瓶でも愛想よく「あああありがとう。まままた来てね！」と言った。姉は、終始不機嫌であまり商売熱心とは言えなかった。

数日続けて〈ブルヘリア通り〉に通ったある日、少年が唐突に言った。

「ティティティエネ・ノノノビー・エークバ？」

ノビーというのは、おそらくスペイン語の名詞で「ノビア」だろう。「恋人」という意味だ。エークバというのは、おそらくエン・クーバで、「キューバに」という意味だろう。

要するに、あんた恋人いるのか、キューバに？

そう少年は訊いているのだった。

僕が頭のなかで懸命に少年の言葉の翻訳作業をしながら、と同時に、本当のことを言うべきかどうか言い淀んでいると、少年は、まるで餌を追いかけるイグアナみたいに、愛嬌のある仕草しながら畳みかけてきた。

「ミミミミ、ミ・エエルマーナ・エエエス・アモラー」

今度は、翻訳に時間はかからなかった。少年の言いたいことが予想できたから。姉さんが惚れたって、あんたにと、告げていた。

「だって、二十歳そこそこだろ」

そう答えて、僕はまるで訓練を受けた警察犬みたいに、すばやく逃げを打った。

それでも少年は執拗に食い下がってきた。キューバでは、恋愛に年齢など問題ではない、と。

確かに、それは一理あった。

だが、外国人は懐《ふところ》具合を狙われるから気をつけるように、と何人かのキューバ人の友達から忠告を受けていた。

こちらが色仕掛けに飛びついてこないのを見て、少年は思い詰めたように言った。

「こここのまえ、オオオレたち友達だって、いいいったよね、だだだったら、こここんど来るときに、おおお土産買ってきてほしい、スニーカーとか……」

おそらく少年はずっと思っていたはずだった。今度あの日本人が来たらダメもとで頼んでおこう。オレだって、あの人がたいして買わないのをわかっていて、いろいろと教えてあげているんだから。

だからといって、少年が特別にずる賢いというわけではなかった。人にたかっているという意識もないに違いない。お金のある人から借りたりもらったりするのは、キューバでは当たり前だったからだ。

とはいえ、僕たちはまだそれほど深い関係ではなかった。

そのとき、少年の露店にひとりの中年女性がやってきた。

「煙草の火を貸してほしい」と、中年女性は少年に言った。

僕はその機に乗じて、放し飼いのノラ猫みたいに、こそこそと隣の露店に移動したのだった。

テレサの叔父の家で厄払いの儀式がおこなわれることになっていた日の朝、彼女から宿に電話があった。急用ができてしまい、一緒に行けなくなったから、午後二時頃に直接、叔父の家に行ってほしい、と。叔父の家は〈ブルヘリア通り〉の近くにあるらしかった。

「場所はホセ・マルティ大通りを下っていって、マリア・デ・グラハデスの銅像のあるところから右手に少し行ったところよ」と、テレサは付け加えた。

僕は少し早めに宿を出て、こちらでは〈モト〉と呼ばれているバイクタクシーを捕まえた。お安い御用だった。サンティアゴの市街地はバイクタクシーの激戦区で、街はさながらオートレース場の様相を呈していた。

信号で一旦止った〈モト〉が、赤信号のカウントダウンの掲示がゼロになると、一斉に金属音のいななきをあげて急発進する。とりわけ、高台にあるマルテ広場が名所だった。バイクが、まるで競争馬のようにほぼ横一線に並んで、道幅の広いガルソン大通りを真っ黒な排煙をまき散らしながら登ってくる。そこからマルテ広場に面した道路を通りぬけて、下り坂の狭いアギレラ通りへと突入する。その前に、広場に沿って最初は左に、それから右にカーブを描いて、いわばS字型にコーナーをクリアするあたりがライダーたちのテクニックの見せどころだった。立ちこもる排気ガスのなか、熾烈きわまる追い抜きシーンは圧巻だった。

その朝、宿の近くで拾った〈モト〉の運転手も、かなりのテクニシャンだった。中央分離帯に広い散歩道があるホセ・マルティ大通りまで幾つかある一方通行の細道を巧みに登っていき、そこから大通りの急な下り坂をマリア・デ・グラハデスの記念像のあるところまで一気に駆け抜けたのだった。

記念像のところでバイクから降りると、ヘルメットを運転手に返し、料金の十ペソを払った。運転手の体にしがみついていたので、腋の下は汗びっしょりだった。

ホセ・マルティ大通りから、鬱蒼《うっそう》とした並木道になっているラトウル大通りに向かった。しばらくその薄暗いデコボコ道を行くと、大木の下で上半身裸の大柄の青年が荷台の上に野菜を広げて売っていた。いかにも〈グアヒロ〉という呼び名がふさわしい純朴そうな男だった。〈グアヒロ〉というのは「田舎の者」という意味だが、キューバでは、その素朴さ、実直さを尊んで、親しみをこめてそう呼ぶのだった。

まだ赤くないトマトや、ニワトリの卵みたいに小さなタマネギ、料理用の青いバナナなどが、まるで骨董品みたいに、まばらに並んでいた。

きょろきょろしているこちらと眼と眼が合い、〈グアヒロ〉はおどけるように言った。「サッケ！

サッケ！」

裂け！　裂け！　と、命令されているように聞こえたが、まわりには引き裂くべき紙や布などはなかった。

ひょっとして動詞「サカール」と関係があるのだろうか？　「サカール」という語には「受け取る／引き出す」という意味がある。

ここに並んでいる野菜を「おれが畑から取ってきた／引き出してきた」と、言っているのだろうか？

頭のなかで、あれこれ詮索して、怪訝そうな顔をしていると、その人の好い青年は「トマ・サッケ・ウステッ？」と、スペイン語の単語を一つずつゆっくり発音して言った。

直訳すれば、飲みますか、酒を、あなたは？　だった。

でも、青年が言いたいのは、ひょっとして――

日本酒を持っているなら、飲ませてくれ？

青年の真意を察して「オレが飲むのはキューバのサトウキビ焼酎《アグアルディエンテ》だけだよ」と、答えた。

青年は大袈裟に両手を挙げて、まるで二頭身のコビトドリみたいに、愛くるしく驚いた仕草をして言った。なんだサトウキビ焼酎か！

僕は祈祷師《ブルヘリア》のロドリゴの家を知っているかどうか、訊ねた。

〈グアヒロ〉はコンクリートの狭い門を指さして、奥の二軒目がそうだと答えた。

門をくぐり抜け、狭い通路を歩いていくと、ひとつづきの長屋のような家が並んでいた。二軒目の軒先に立つと、ドアはなく、なかは暗かった。

まだテレサは来ていないようだった。

「ブエノス・タルデス」

ドアのない玄関に立ち、物音ひとつしない暗闇に向かって、こんにちは、と呼びかけた。何の返答もないので、今度はやや大きな声で、同じ言葉を遠くの暗闇のなかに放った。しばらくして奥のほうから、まるで幽霊のように音を立てずに、ぬーッと人影があらわれた。お化け屋敷に迷いこんだかのように気味が悪くなった。

敷居の前で、僕はその人影というより、むしろ自分自身に言い聞かすように、テレサの知り合いの者ですが、と口実めいた言葉を吐いた。

人影が近づいて来て、ふくらみのある優しい女性の声で、どうぞ、となかに入るように促した。少し目が暗闇に慣れてくると、その声の持ち主が小太りの中年女性であることがわかった。着古した質素なワンピースを着ていた。

敷居の向こうは居間になっていて、右手にはゆり椅子が三脚並んでいた。椅子の反対側には、つまみを廻してチャンネルを切り替える年代物の小さなテレビがおかれていた。女性が勧めてくれたゆり椅子はかなり古くて、クッションの部分には四角い板が釘で打ちつけてあった。

そもそも居間も地面がむき出しの土間だった。掃き清められていて、塵ひとつなかった。僕が椅子に腰を下ろすと、女性は奥のほうにコーヒーを淹れにいった。

安堵《あんど》した。しばらくして、香ばしいコーヒーの匂いと共に、デミタスカップに入ったエスプレッソが運ばれてきた。

そこでようやく、女性はロサと名乗った。

まるで大きいクチバシで餌を挟み取るヘラサギみたいに、上手にお盆からデミタスカップをこちらに手渡した。

小さなカップを受け取ると、僕はひと口でエスプレッソを啜った。

砂糖がたっぷり入った、甘くてコクのあるコーヒーだった。

「サンティアゴのご出身ですか?」と、僕は訊いた。

ロサは、遠い、遠い山奥の〈ドス・パルマス(二本の大王ヤシの木)〉と呼ばれる土地の出身だと答え、微笑んだ。

ロサは褐色のムラータだった。

露天の野菜売りの青年と同様、純朴な女性で、柔らかく飾らない喋り方をした。

グアンタナメラ　グアヒラ　グアンタナメラ
グアンタナメラ　グアヒラ　グアンタナメラ
わたしは純朴な人間

生まれたのは　大王ヤシの木々が繁るところ

甘いエスプレッソの余韻を楽しみながら、レースのカーテンで仕切られた奥の部屋に目を凝らすと、そこには質素な祭壇があった。

祭壇を見てもいいかどうか、ロサに尋ねた。

ロサは、何の問題もないと言うかのように、そっと肯《うなず》いた。

レースのカーテンの向こうの部屋には、エスピリティスモ（降霊術）の祭壇があった。

エスピリティスモとは、十九世紀にヨーロッパの降霊術がキューバに入ってきて、独自の発展を見せたものだった。そこにある祭壇は、エディタの家のそれと違って飾り気がなかった。

それでも、アフロ信仰のなかにカトリック教会のシンボリズムを取り入れた折衷様式は同じだった。祭壇にはイエス・キリストの聖画のほかに、キリスト教の聖者たちのフィギュアやイコンが並んでいた。それと同時に、ピンクのグラジオラス、赤い薔薇、白いアスセナなどの花や、ベンセドーラやアルバカなどの薬草類、アノン・デ・オホやペレヒルなど、緑葉類が多彩に飾られていて、アフリカ的な要素がたっぷりまぶされていた。

興味深かったのは、祭壇の後方に〈インディオ・カリベ〉と呼ばれる浅黒い肌をした先住民の人形が直立していることだった。黒人と先住民の混血で、アメリカ・インディアンの酋長ように、頭から腰までがすっぽり羽根飾りで覆われ、片手に槍を持っていた。

居間の椅子に戻って、祭壇の飾りつけを持参したノートに書き込んでいると、ひとりの女性が、「ブエノー？」と、優しく挨拶の言葉をかけながら家のなかに入ってきた。

その顔を見て、椅子から飛びあがるほど驚いた。

去年初めてエル・コブレでベンベを見たとき、ホルへの許可を得て、デジタルカメラで神がかりになった人の写真や動画を撮った。そのとき、この老女に、見得《みえ》を切る歌舞伎役者さながらの目付きで恫喝《どうかつ》されたのだった。

そのときは、ホルへがふたりのあいだを取り持ってくれた。「オレが写真を撮ってもいいと言ったんだから、許してやって」と、言って。

その後、ようやく打ち解けた老女と一緒に記念写真を撮らせてもらったのだった。

宿に戻りその写真をパソコンに移そうとして、獲物を狙う豹《ひょう》も顔負けの、老女の射抜くような眼力《めぢから》に圧倒されたものだった。

でも、どうしてここに？

不審がっていると、老女は自分の名前はフリアだと説明した。

僕は「あのときは、すみませんでした。馬鹿なことをしちゃって」と、詫びた。

老女は「わたしもあなたがただの観光客だと思っていたから」と、応じた。

「いいえ、ただの馬鹿な観光客でした」

僕は普段から異国情緒たっぷりのテレビ番組を馬鹿にしていた。遠い異国の土地を旅して風変わりな風俗を紹介し、帰国してはやっぱり日本が一番ね、とみなで了解する、そのようなありきたりで通俗的な番組に嫌気がさしていた。

だが、自分こそが異国情緒に染まっていたのだった。そのことに気づかせてくれたのが、この老女だった。

そうこうするうちに、テレサがようやく姿をあらわした。娘のメルセデスも一緒だった。テレサが家に入ってくるなり、老女は親しげに彼女に近づいていった。

テレサが僕の名前を呼んだ。そしてフリアを「私の母よ」と、紹介した。しかもブルヘリアでもある、と。

まるでフリアの持っている葉巻が蛇に変身したかのように、度肝を抜かれた。

この老女がテレサの母だったとは！　しかもブルヘリアだったとは！

と同時に、すべてが腑に落ちたのだった。

老女のあのときの眼力も、自分への怒りも。

あのときの老女の怒りはブルヘリアとしてのそれであり、死者の声を代弁するものだったのだ。

テレサの叔父が奥の間のほうからやってきた。今日の厄祓いの儀式をとりしきることになっていた。

叔父は痩せて長身で、黒光りする額に賢者を思わせる深い皺が刻まれていた。目も鷲のように鋭かった。

テレサが僕を叔父に紹介してくれて、儀式の見学の許可をとってくれた。叔父は軽く肯《うなず》いただけだった。ブルヘリアとしての威厳が滲《にじ》みでていて、近寄りがたかった。

テレサが母や娘と一緒に祭壇のほうへ行き、儀式の準備にとりかかった。自分もノートを持ってそちらについていった。

依頼人の若者がやってきたようで、玄関のほうでロサが対応していた。

ロサに連れられて、儀式の部屋に入ってきた若者を見て、またもや驚いた。

依頼人というのが、あの露店の中国系のレイナルド少年だったからだ。

少年がこちらに気づいて声をかけてきた。「ここここで、なななにやってるの？」

「ブルヘリアの仕事を見物させてもらおうと思って。まさか君だとは……」

「べべべ、別にいいよ。ロロロ、ロドリゴがいいなら」

きょうの儀式はベンベとも、輪になって踊る〈コルドン〉とも違うが、憑依が絡むことだけは確かなようだった。

テレサがあらかじめ写真撮影の許可を取ってくれた。でも、きょうはカメラに頼るのではなく、自分の目に記憶させよう。僕はそう思っていた。

8

叔父の家で〈ブルヘリア通り〉の少年への厄祓いの儀式があった数日後に、ロベルトから電話があった。家には電話がないので、ロベルトには隣人のロシータの番号を教えておいたのだった。お願いがあるから、サンティアゴの宿まで来てもらえないかというのがロベルトの用件だった。

「忙しければ、僕がエル・コブレに出向いてもいいけど?」と、ロベルトは言った。

ちょうどサンティアゴの叔父の家にいく用事があったから、ロベルトの泊まっている宿に行ってみることにした。

宿はホテルではなかった。一種の民泊だった。サンティアゴの便利な市街地にあり、一方通行の急な坂道の途中に建っている大きな民家だった。ロベルトは一階のガレージを改造した部屋を借りていた。主人たち一家は、ガレージの脇の狭い石段を登っていき二階の部屋に住んでいた。

ブリキ板でできた大きな扉を開けると、ガレージのなかはがらんとしていた。車はなかったけど、昔は車庫として使われていたようだった。殺風景なスペースに小さなテーブルがひとつと、小さな椅子がふたつおいてあるだけだった。左側にドアがあり、シャワーのついた小さな寝室になっていた。

ふと思い出した。十年以上前に、恋人だったブルーノが、サンティアゴ市の南地区ビスタ・アレグレのお屋敷に泊っていたことを。近くには〈メリア〉という、外国人旅行客の泊まる高級ホテルがあった。

お屋敷は落ち着いた住宅街の一角にあり、ブルーノは一階の、バス・キッチン付きの広い部屋を借りていた。入口が別になっていて、自炊ができるので、長期間の滞在に向いていた。ブルーノがそこを選んだのは、歩いていけるところに、カリブ海文化センターやアフロ宗教博物館といった施設があるからだった。女主人のエスペランサも、管理を任されている息子のジョンも、外国人の恋人であるあたしのことを心のなかでどう思っているにせよ、優しく応対してくれた。外国人相手の個人タクシーとか民泊とかで商売ができるのは、ある意味、特権階級だから、こちらに嫉妬するまでもなかった。

そうした手蔓《づる》のない地元民は、外国人と付き合っている女性に露骨な嫌がらせをしがちだった。外国人旅行客を相手に「売春行為」をしていると、CDR(革命防衛委員会)に密告したりして。それもわからない話ではなかった。外国人と結婚すれば、大手を振って閉鎖的なキューバを出ていくこともできるし、外国で働いて外貨を稼ぐこともできるわけだから。

ブルーノとの結婚に懲《こ》りて、もう二度と外国人と付き合ったり結婚したりする気持ちはなかった。それなのに、ロベルトに出会って、地元の男性には抱かないような興味を持ってしまっていた。

それはなぜなのか、自分でもわからなかった。あたしは貧しかったけど、ロベルトの持っているお金に必ずしも魅せられたわけではなかった。

「きみの叔父さん、太鼓儀礼《ベンベ》をやってくれないだろうか」

こちらが椅子に腰をおろすと、ロベルトは小型冷蔵庫から冷えた缶ビールをふたつ取りだしテーブルの上において、そう言った。

まるで身内に金をたかられたかのように、あたしはびっくりした。そして、一オクターブ高い声で、「ええ、どうして？」と、訊いた。

ロベルトは叔父の家で、降霊術の「口寄せ」を見せてもらって、死者を呼び寄せるブルヘリアの霊力に魅せられたのだという。

「自分の守護霊エレグアのために……。ベンベを……」

「そりゃ、叔父は頼まれれば、やるだろうけど」

すぐには返事をしなかった。

ベンベは大勢の人が一カ所に集まって、太鼓と歌と踊りによって死者の霊との交流をはかり、穢れや厄を祓いながら、開運を祈願するアフロ信仰の儀式だった。

参加する人たちにとっても、日頃の鬱憤を晴らす機会にもなっていた。

ただ、生贄《いけにえ》にする動物やお供えなどで出費がかさむので、無闇にやるわけにはいかなかった。

「去年、ホルへのおかげでベンベを見ることができたけど、最後の場面しか立ち会えなかったし。最初から、自分が主催する側になって経験してみたいんだ」と、ロベルトは缶ビールを飲みながら、言った。

「キューバには、〈眠りこける小エビは流れに流される〉という格言があるわ。本来はうっかりしていたら、とんでもない事態に巻き込まれるから気をつけなさい、という意味よ」と、遠回しに答えた。「でも、自分が小エビならば、いつ、どこで眠るのか決めなければならないでしょ。流れのない場所で、流れのない時間に眠るならば、災難に遭わずにすむからよ。思うに、何事も『思慮分別』が大事ということだわ。のんびり構えたほうが良い場合もあるし」

ロベルトは黙って聞いていた。こちらの話ぶりから焦らない方がいいかもしれない、と思ってくれたようだった。

数日後、ロベルトを連れて、ベンベの相談をするために、叔父の家に行くことにした。ロベルトの熱心さに負けたのだ。ひょっとしたら、愛情をつかさどる精霊の〈アフリカの女王〉に促されたのかもしれなかった。

その日、ロベルトは日本製の箱入りの線香とロウソクをお土産に持参していた。それらの品物がブルヘリアに好まれる品物だとわかっていたからだった。

地面が露出している薄暗い居間をはじめとして、叔父の家は、姪《めい》のあたしから見ても、実に質素な佇《たたず》まいだった。

でも、ロベルトはそんなことに気を取られているふうではなかった。

あたしたちが古ぼけたゆり椅子に座ると、ロサが小さなカップに入ったエスプレッソを持ってきた。

ロベルトにとっては、これが二度目の訪問だった。すぐに叔父夫婦にも打ちとけた態度で接した。叔父は「家のなかか、それとも山のなかか、どちらでベンベをやりたいのか」と、訊いた。「エネル・モンテ（山のなかで）！」と、ロベールはきっぱりと答えた。

その毅然とした声に押されるように、思わず口走ってしまった。「じゃ、あたしにも〈アフリカの女王〉に捧げるベンベをしてほしい」と。

常々、自分の守護霊のためにベンベをしたいと思っていた。十代後半でメルセデスを産んで、母や姉に助けてもらいながら子育てをしているうちに、幸運なことにブルーノと出会って、とうとう自分にも運が向いてきたと思った。パラダイスだと思っていた外国（しかも、みんなの憧れるドイツ！）に行けると思うと、悪魔に魂を売ってもいいというくらい有頂天になった。ここサンティアゴでブルーノと過ごした一年は、夢のような時間だった。馬車が通るエル・コブレのオンボロ道路も、朽ちかけた映画館の建物も、ここから離れられると思うと、なぜかすべてがバラ色に輝いて見えたものだった。だが、ドイツに行ってみて初めてそこがパラダイスでないことに気づいたのだった。

失意のなかで、こちらに帰ってきてからは、母に預けておいたメルセデスを引き取り、メルセデスのために自分の生活を捧げて、夢など持たないように心がけた。それでも、ふと虚しくなることもあった。どう自分の人生を立て直していったらいいのか、わからなくなった。

だから、〈アフリカの女王〉に捧げるベンベをして、起死回生とは言わないまでも、復活の狼煙《のろし》をあげたかった。だが、それにはお金と時間が必要だった。気が向いたからパーティを開くといった単純な話ではなかった。

こちらの唐突な希望を伝えると、いつもは温和な叔父の顔が、まるで魔術でマンゴを山羊に変身させてみて！　と言われたかのように、その法外な要求に険しい表情になった。

叔父はしばらく、まるで獲物をじっと睨むワニみたいに、怖そうな顔をして考え込んでいた。やがて重大な決心をしたように深く息を吸い込んで言った。

「それなら、午後遅くにエレグアに捧げるベンベを山のなかでやり、それから、テレサの家に戻ってきて、夜になったら庭で、〈アフリカの女王〉に捧げるベンベをすることにしよう！」

通常、ベンベは夜の十時か十一時頃に始まり、夜明けまでつづくことになっていた。ロベルトはベンベをおこなうことの困難さを理解していないようだった。

あたしは「何しろ準備が大変なんだからね」と、そのことを指摘した。

ほんの一例を挙げるだけでも、準備するものはエレグアに捧げるケーキやお菓子(キャラメル、ビスケット)、サトウキビ焼酎数本、ビール二、三本、炭酸飲料、煙草、煎ったトウモロコシ、果物、香水、花類(白、赤、黄色のバラ)、占い用のココナッツの実、ロウソクが必要だった。それに、手伝ってくれる親戚の人たちに出す食事の材料(肉類、米、ユッカ芋、カボチャ)や、スープの材料も買わなければならない。

そういった儀式に必要なものを準備するのはブルヘリアではない。依頼人のすべきことだった。

キューバの庶民は、慢性的な品不足に悩まされていた。なにしろ、小麦粉ひとつを買うのにも、兌換用のペソしか使えない国営店を数軒はしごしなければならなかった。あちこち店を探しまわっても、在庫がまったくないことがザラにあった。

あたしはため息まじりに言った。まるで鳴き疲れたカナリアみたいな声だった。「だから、少しずつ買い集めておく必要があるのよ。それから、生贄にする動物も捜さなきゃ。エレグアには雄鶏《おんどり》、〈アフリカの女王〉にはアヒルをね。だから、いますぐというのは無理よ」

一回のベンベでも大変なのに、それを二回つづけてやるというのだから、ある意味、無謀な企てだった。やりたい気持ちはあったものの、思わず尻込みしそうになった。資金はロベルトがいるから何とかなるにしても、準備すべきことを考えると、気が滅入ってきた。叔父がダメだ、と言ってくれたらよかったのに。

だけど、いったん動き出した歯車は止まらなかった。

叔父が、まるで昆虫を狙うトカゲみたいに険しい表情でロベルトに訊いた。

「今度はいつサンティアゴに戻ってくるんだ?」

叔父は返事を待っていた。

「来年の夏になると思うけど……」と、ようやくロベルトが返事をした。

叔父は、トカゲが自分の舌でつかんだ餌食《えじき》を飲み込むみたいに、一気にふたりに向かって言った。

「じゃあ、来年の夏にしよう」と。

9

正直なところ、それまで僕がハバナの下町で見てきたサンテリアの儀式は狭い家のなかばかりで、大地に根ざすアフロ信仰のイメージにそぐわなかった。

どうせやるのだったら、山《エネル・モンテ》のなかがいい。

町での生活を嫌って空気のきれいな山奥に移り住んだというホルへの祖父のことを思い出していた。

アフリカーノ　アフリカーノ
オレはアフリカニート
オレはよい道を　さがし歩く
アフリカーノ　アフリカーノ
オレは山のアフリカ人

東部のサンティアゴ・デ・クーバやエル・コブレでは、まだ大自然のなかでの儀式が可能だった。しかも、こちらの儀式は祈祷師《ブルヘリア》がとりしきるベンベだった。

大自然のなかでの儀式を望んだのには、そうした理由があった。だが、それはそもそも僕がなぜベンベという太鼓儀礼を望むのかという理由ではなかった。家庭内に問題を抱えていた。ここ数年は、妻と口もきいていなかった。最後に話をしたときに、大喧嘩になった。

妻が、まるで毒のある唾液で昆虫を殺すことができる小さなソレノドンみたいに、強烈な一言を放ったからだった。「本を出しても、ちっとも売れないし、評判にもならないじゃないの」

自分自身にもやましさはあった。野外調査と称して、メキシコやキューバに長期で出かけていき、家庭のことは顧《かえり》みなかったからだった。

その上、調査の結果を論文にすることでアリバイ作りをしても、妻の言う通りに、読者の誰にも見向きされなかった。

「ほんの一部の人たちにチヤホヤされて、いい気になって。自己満足じゃないの」

ソレノドンは追い討ちをかけてきた。

その哺乳類の小動物の長い舌に巻き込まれまいと、抵抗したが無駄だった。

ぐうの音《ね》も出なかったのだ。

だから、アフリカの厄祓いの儀式をしてもらうことで、こんがらかった人生を正常な道に戻し、負の連鎖を断ち切りたかった。

人は他力本願じゃダメだと言うかもしれない。でも、ときには目に見えない力に背中を押してもらうことがあってもいいのではないか。しかも、これは人頼みではなかった。自分から積極的にベンべにかかわるのだ。

テレサの叔父とベンベの約束をした日から一年がたっていた。サンティアゴのバスターミナルで小型トラック《カミオネッタ》を捕まえ、エル・コブレへと向かった。

リュックサックのなかには、ここ数日のあいだに仕入れた一リットル半入りのサトウキビ焼酎の大壜（中国製バスの製造会社名にちなんで、「ユートン」とニックネームで呼ばれていた）や、一リットル入りのコーラ（「きみのコーラ」という商標名だった）のペットボトルが入っていた。テレサに買い足すようにと言われていたものだった。その他にも、日本から持ってきたロウソクや線香なども入っていた。

テレサはすでに娘のメルセデスと一緒に、儀式の準備に取りかかっていた。台所兼食堂からはテーブルや冷蔵庫が片付けられて、広々としていた。

テレサの母フリアが自分の家の電気コンロを持ってやってきた。テレサの家には炊事用の電気コンロがひとつしかなかったからだ。

フリアは食堂の一角に持参した電気コンロを設置すると、まな板も使わずに手際よくユッカ芋の皮をむいて、鍋で芋を煮始めた。ユッカ芋は、それ自体では味がなくぱさぱさしているが、肉汁や熱したサラダ油をかけてやると、とても美味しい。ご飯の代わりにもなった。

一方、マランガ芋は粘り気こそないものの、日本の里芋のように風味があり、肉と一緒に煮ると最高にうまかった。シチューやカレーによく合いそうだった。

フリアが持ってきた電気コンロは八面六臂《はちめんろっぴ》の大活躍で、一日中何かを煮たり炊いたりしていた。そのため、食堂にはつねに煮炊きの蒸気と甘い匂いが漂っていた。

やがてテレサの妹マミータが、娘をふたり連れてやってきた。

マミータはスポーツ選手のようなジャージー姿だった。三十代半ばの小太りの女性で、テレサによれば、もともと体育の先生だったが、いまは国際大会に出向くキューバ選手団の役員をしているようだった。

マミータに挨拶をすると、彼女は笑みを浮かべて手を差し出して、握手を求めた。明るい天真爛漫な雰囲気があり、きっと彼女の守護霊はオチュンだろう。

テレサはマミータに煮炊きの番を任せると、母と娘を連れて買い出しに出かけていった。

食堂から庭に出て、マミータの娘のひとりを誘って、箒《ほうき》で庭の掃除をしようとした。庭の隅には食堂のテーブルが移されていた。そのテーブルのわきで、マミータのもうひとりの娘がすでにマランガ芋の皮をむいていた。

庭の向こうの隣の家では、豚をはじめいろいろな家畜を飼っていて、いつも賑やかな鳴き声をあげていた。いま、一羽の白いニワトリがコンクリート塀の上を歩いていた。

テレサの姉マリベラがやってきて、食堂の入口から顔を出した。マリベラにはこのとき初めて会った。テレサよりもずっと肌が黒く、しかも背が高かった。エル・コブレの中心から歩いて十五分ぐらいのマラブという集落に住んでいた。

僕は箒を持ったまま、マリベラにテレサの友達だと自己紹介した。大柄のマリベラは、四十歳を越えているにもかかわらず、少女のように恥ずかしそうな顔をして頭を下げた。

そばにいた陽気なマミータが口を挟んだ。

「心配しないで、ロベール。みんな、あなたのことは知っているのよ」

マミータは皮肉でそう言ったわけではなかった。そのことはわかっていたが、口コミ情報の早さに驚いた。みんな見て見ぬ振りをしながら、陰でゴシップや噂話に花を咲かせているのだろう。ゴシップや噂話だけならともかく、金が絡んでくると、嫉妬やねたみが渦巻く。

キューバには〈ヒネテラ〉という言葉があった。外国人の観光客相手に売春を働く女性という意味だった。エル・コブレのような田舎町で、外国人が家に頻繁に出入りしていれば、〈ヒネテラ〉の噂が立ちやすい。

〈ヒネテラ〉は違法だから、警察にも狙われる。だから、テレサは、隣人たちからねたみを買わないように注意していた。こちらから見れば、意識過剰なほどに。

ふたり一緒に近所を歩くときは、テレサはまるでどんな花の前でもしばし浮遊するハチドリみたいに、誰彼となく自分から愛想よく声をかけていた。世間体を気にする日本人みたいだな、と思った。だが、それは監視社会を生き抜くための処世術なのだった。

そのとき、どんよりと曇っていた空から、急に大粒の雨が降ってきた。急いで箒を塀に立てかけると、マミータの娘たちと一緒に食堂のなかに入った。

入口で空をうらめしそうに見ていると、何を思ったのか、隣の家の白いニワトリが塀の上から庭に飛び降りた。庭を小走りで駆けまわると、ふたたび塀の上に戻ろうとして、羽根をばたつかせてジャンプを繰り返した。

塀は意外と高く、ニワトリは何度もコンクリート塀にはね返された。

ふと、その間抜けなニワトリが自分のことのように感じられた。はるばるキューバにまでやってきて、こんなことをしていて何になるのだろうか？　これが妻の言う現実逃避の口実でなくてなんだろう？

「心配しないで、ロベール。雨は午後には止《や》むから」

マミータが後ろから優しく声をかけた。


だが、午後になっても、雨は止む気配がなかった。このまま降りつづけば、儀式は中止になるかもしれなかった。太鼓の皮が雨で駄目になってしまうからだった。

太鼓がないと、ベンベは成り立たなかった。太鼓は、一般的にはタンボールと呼ばれるが、サンティアゴをはじめとする東部では、〈コンガ〉と呼ばれる楽器を使っていた。縦に立てかけて上部だけに張られた皮を両手で打つのだ。

アフロ系の信仰において、太鼓はただの打楽器ではなかった。太鼓は精霊チャンゴーの分身だった。太鼓のリズムは大気をわなわなと震わし、人びとの心臓の鼓動を速めた。人びとの気分を高揚させた。

こちらでは、楽師のひとりが耳にきんきんと響く鉦《かね》をうち鳴らして、太鼓のリズムに高音階の彩りを加えていた。三基の太鼓と鉦による複雑なシンフォニーによって、死者の霊や精霊をこの地上に降臨させるのだった。

ジャジャ・イボレレに　一緒に行こう
きみがエレグアなら　ぼくはチャンゴー
ジャジャ・イボレレに　一緒に行こう

楽器の複雑なリズムに比べて、歌詞のほうは割と単純だった。メッセージもわかりやすい。ただ、歌をリードする者は、ところどころでコブシをまわしたり、語尾を引き伸ばしたりして、変化をつけることを忘れない。だから、同じ歌が長くも短くもなる。

歌は、すべてアフリカの言語やフランス語の影響を受けて、クレオール化したスペイン語で歌われていた。儀式の参加者は、全員がアフリカ系の黒人で、キリスト教の教会に行くような人たちではなかった。それでも、歌にはキリスト教の聖者や救世主の名前があらわれた。

バリの聖人ファン
わたしはバビロニアに行く
わたしはバビロニアに行く
キリストがそう命じるからだ

どうして黒人奴隷の末裔たちは、信じてもいないキリスト教の聖者たちの名前を唱えたりするのだろう。

それが大きな疑問だった。そもそもアフロ信仰が禁じられ、アフリカ黒人の儀式も禁じられていた時代ならば、白人による迫害を恐れてアフリカの精霊ではなく、キリスト教の聖者の名前を唱えて、為政者に取り入る必要があったかもしれない。だが、いまベンベは禁じられているわけではなかった。それなのに、なぜ奴隷制の時代と同じように、白人の宗教におもねったりするのだろうか。どうしてアフリカの精霊を讃える歌を堂々と歌わないのか。

マミータが用意してくれた昼食を食べた。大きな皿に、米のご飯とチキンの肉が乗っている素朴な料理だった。ご飯の上に、ニンニクやハーブを使った肉汁がかかっていた。

テレサもマミータも、料理が得意だった。かつて黒人奴隷たちは、白人が捨てた屑肉を創意工夫によってうまい料理に仕立てた。よく「必要は発明の母」というが、「困窮は美食の母」だ。

キューバの料理はコミダ・クリオーリャ〈折衷料理〉と呼ばれるが、なかでも〈コングリ〉と呼ばれる黒豆入りご飯は、作り手によって多彩な味を楽しめた。本当にうまい〈コングリ〉ならば、それだけで、おかずはいらないほどだった。

午後三時すぎになっても、祈祷師のロドリゴは姿を見せなかった。

台所のドアのところへ行き、庭のほうを見やった。まずいことに、庭に小さな水たまりができ始めていた。夜はここで儀式をやることになっているのに。

マミータが言った。「大丈夫よ、ロベール。ロドリゴは来てくれるから」

その言葉でわかったのだった。この儀式のために、テレサの叔父は奔走してくれているはずだ、と。こんなことをして何になるのだろうか、といった僕の思いは、結局は、すべてを他人任せにしている自分自身の甘えに他ならないのではないか。

さきほど庭に飛び降りて、塀の上に戻ろうと悪戦苦闘をくり返していたニワトリはすでに庭から姿を消していた。塀の向こうで、先ほどまで自分が陥っていた窮地などすっかり忘れたかのように、ククッカッカーと鳴いていた。

そのとき、買い出しから帰ってきていたテレサの母が提案した。「先に行って、祭壇を作りましょう」と。

マミータは、「もう少し煮炊きの番をしながら、ロドリゴがやってくるのを待つわ」と、言った。

残りの者はフリアを先頭にして、テレサの家を出発した。フリアは片手に生贄にする茶色い雄鶏の両足を持ち、もう一方の手にはサトウキビ焼酎のボトルを持っていた。

テレサは大きなデコレーションケーキを両手で抱えていた。

僕はビールやコーラの一リットル入りボトルなどを詰めたリュックを背負った。

エル・コブレの住宅地から東の山に向かって農道がつづいていた。ところどころに馬糞が落ちていた。むき出しになった大きな石につまずいて転ばぬようにしなければならなかった。途中、左手の畑の奥のほうに、白いカトリック教会の堂々とした建物が見えた。

現在の教会は、一九二六年に建てられたが、そこにまつられている混血の〈慈善の処女聖母《ヌエストラ・セニョーラ・デ・カリダー》〉は、それより十年前にキューバの守護聖母としてバチカン（ローマ教皇庁）によって認定されていた。威風堂々としたキリスト教の教会を目にしても、庶民のつつましい暮らしに思いがいってしまい、感動しなかった。

農道を十分も歩けば、半世紀も前にタイムスリップしたような光景に出くわした。赤土の道路、木の枝を利用した垣根、質素な木造の家屋、人や荷物を運ぶ荷馬車、屋根や壁をヤシの葉で葺いた小屋などが目についた。

マラブと呼ばれる集落に足を踏み入れると、雨のなかを幼い子どもたちが裸足で走りまわっていた。もちろん、上半身も裸だった。

この程度の雨なら、かんかん照りより、かえって気持ちがいいのかもしれなかった。

テレサの娘はまだ十代半ばだったが、妊娠していて、あと四カ月で出産予定だった。どんな赤ん坊が生まれるのだろうか。

父親になるはずの男には会ったことがないので、どんな肌色なのかわからないが、たぶん白人なのかもしれない。

テレサも二十代の初めに娘を産み、女手ひとつで育ててきたらしかったが、四十歳になるかならないうちに祖母《おばあ》ちゃんになるわけだ。

メルセデスも、テレサの歩んだ道を行くのだろうか。相手の男に援助してもらわないのだろうか。あるとき、テレサにそのことを訊いてみた。

相手の男はメルセデスと同い年の高校生で、経済力がないから無理だ、という返事だった。

メルセデスは、サンティアゴの寄宿学校に通っていた。週末にエル・コブレの家に帰ってくる生活だった。水曜日の午後には、テレサがわざわざ学校まで会いにいっていたという。

テレサにしてみれば、甘えっ子気分が抜けない娘が妊娠してしまったのだから、きっと驚いたはずだった。母娘のあいだに、どのような葛藤《かっとう》があったのかわからない。いまは、ふたりで子どもを育てていくつもりのようだった。

なにしろ、彼女たちには、子どもは授《さず》かりものという意識が強かった。

近所に母も住んでいるし姉妹もいて、女性たちの緊密なネットワークがあり、常日頃から互いに行き来していた。

そうした女性ネットワークを活かして、みんなで子どもを育てようというのだから、テレサはもちろん、若いメルセデスからも、シングルマザーの悲愴感は感じられなかった。それに学校は無料だし、医療も無料だった。

やがて集落も途絶えて、ちょっとした岩場に出た。岩場には小川の水が溜まり、儀式の場にふさわしい雰囲気を漂わせていた。

現に、岩場のそばの土の部分には、精霊のために何かを燃やした焦げ跡が残っていた。

だが、フリアはそのまま下生えのなかを奥のほうへ進んでいった。

テレサもケーキを落とさないように気をつけながら、無言でついていった。

目の前に、大木が聳《そび》えていた。上に行くほどに大きな枝が横に伸びて、葉もびっしり繁っていた。その木の下にいると、雨露もしのげるのだった。

テレサにその大樹の名前を訊くと、グアシマという答えが返ってきた。

フリアは雄鶏の足を紐で縛って、低木の下に無造作に放り投げると、大樹の根もとで祭壇を作り始めた。雑草や小枝を引き抜き、枯れ葉をきれいに取り払い、あたりを平らにした。それから、大樹の近くに生えていた低木の枝を折り、それを大樹の根もとに二本立てかけた。〈アノン・デ・オホ〉という枝だった。神道で言えば、厄祓いに使う榊《さかき》にあたるようだった。

僕はリュックサックのなかからロウソクやビール瓶、コーラのペットボトルを取りだし、フリアに手渡した。フリアはそれらを急造の祭壇の上に丁寧においた。

テレサは、水の入ったグラスと灯油の入った缶を配置した。水と火だった。

もとより森には土と空気は豊富にあった。

ふと思った。彼らは古代ギリシャから伝わる万物の根源としての「四大元素」という考えを採り入れているのだろうか、と。

僕はカメラとノートを取りだし、彼女たちの仕事ぶりを写真に撮ったり、ノートにメモを取ったりして、ときおりテレサに質問をした。

なぜアフロ信仰の神様にコーラなどを供えたりするのか？

だが、テレサから、そんな理屈はロドリゴに聞くように、という返事が返ってきた。

なぜこうしたものをお供《そな》えするのか？

それぞれの儀式の理由づけは、テレサにとって言語の文法のようなものかもしれなかった。日本人がいちいち文法を意識せずに日本語を喋るように、テレサたちは儀式のお供えや段取りの意義など、いちいち頓着《とんちゃく》しないのだった。

だが、門外漢《もんがいかん》の僕にとって、ただ文化現象（表層構造）を記述しているだけでは満足できず、つい質問したくなってしまうのだった。

なるほど当事者からそれなりの答えを引きだしたからといって、それが正しいとは限らないが、それでも何らかの理由づけがほしかった。

門外漢が儀式や行為について勝手な理由づけをおこなったりすれば、ともすれば、自分の価値観や思想を投影しただけの、ただのこじつけになりかねないのはわかっていた。

だが、どこかで想像力を働かせて、目に見えない深層構造を発見する必要があった。

当然のことだが、こうした異文化の表層構造と深層構造のあいだには、大きなギャップが存在する。

鉱山の発見と同様、深層構造の発見にたどりつくまでに様々な儀式を経験する必要があった。文化人類学者のレヴィ＝ストロースは、地道で精緻なフィールドワークをする一方、他の研究者がおこなった膨大な資料を読み込んで深層構造を発見した。それに比べれば、自分のやっていることなどアマチュアの域を出ず、鉱物の発見など、とうていおぼつかなかった。

フリアが祭壇を作っているあいだ、テレサと一緒に、大木の周囲の下生えを取り除く作業をした。やがて黒い傘をさしたマリベラが娘たちと一緒にやってきた。マミータも娘たちと一緒だった。フリアの「夫」の顔も見えた。いかつい先住民らしい顔の特徴からみなから〈インディオ〉と愛称で呼ばれている大柄の男性だった。自転車タクシーの運転手をしているらしかった。

テレサのいとこで、歌の上手なマリもいた。

やや遅れて、この儀式の主役のロドリゴが、太鼓を抱えた三人の男性を従えてやってきた。ロドリゴは大樹の下に行くと、さっそく緑色の頭巾をつけた。フリアの作った祭壇に一瞥《いちべつ》を加えると、灯油の入った缶にライターで火を点けた。それから二本のロウソクのところにも行き、ライターで火を点けた。

三人の太鼓打ちは大樹から少し離れたところに待機していたが、ロドリゴはそこへ行き、厳しい顔つきになり、精霊たちへの敬虔《けいけん》な気持ちを忘れずにしっかり叩くように命じた。

それから、三つの太鼓を祭壇の前に持ってこさせ、まるで三人の子どもがごろ寝するかのように並べさせると、大樹に宿る精霊たちに祝詞を捧げた。

ロドリゴが歌を歌った。ロドリゴが先導して、あとからみなで復唱するカノン形式だった。

アフリカーノ　アフリカーノ
オレはアフリカニート
アフリカーノ　アフリカーノ
オレはアフリカニート

オレは良い道を　さがし歩く
オレは良い道を　さがし歩く

オレは山のアフリカ人
オレは山のアフリカ人

これまでに何度も聞いたことがある逃亡奴隷の歌を、みなで太鼓に合わせて歌いながら、踊った。

アフリカ人でない僕まで、野生の血が騒ぎだしていた。

歌がつづくあいだ、ロドリゴはひとりずつ前に出てこさせ、〈アノン・デ・オホ〉の枝で頭から足まで厄を祓い、体を浄《きよ》めた。もちろん、僕も浄めてもらった。

全員のお浄めが終わると、ロドリゴは雄鶏の脚をつかんで、別の歌を歌い始めた。

太鼓もロドリゴの歌にリズムを合わせた。

エレグア　エレグア
四つの道　エレグアのもの
四つの道　エレグアのもの
四つの道　イェマヤー

歌がコーラスの部分になると、ロドリゴはサトウキビ焼酎の瓶に手を伸ばした。酒を口に含むと、雄鶏の羽根にプウゥーと吹きかけた。

エレグアの好物とされる雄鶏を浄めたのだった。

ロドリゴは、ふたたびひとりずつ前に出てこさせて、雄鶏でみんなの体を浄めた。

ひとりが前に進み出ると、ロドリゴは両腕を広げさせ、雄鶏をその人の頭の上に持っていった。

それから、両肩、わきの下、お腹、両脚と丁寧に雄鶏の羽根で、厄を祓った。

雄鶏にすべての凶事や病気を肩代わりしてもらうのだった。

全員のお浄めが済むと、ロドリゴは雄鶏を低木の下にそっとおいた。

ロドリゴは葉巻に火を点けて、火の点いたほうを口に含んで、スパスパと喫《す》った。

それから、また別の歌を歌いだした。

鳩が飛んでいった　鳩が飛んでいった
神の家に向かって
鳩が飛んでいった
災いをすべて　一緒に運んでいった

霊感の強いフリアは、踊りながら白目が剝きだしになっていた。フリアの守護霊エレグアが乗り移ったのかもしれなかった。

マリベラは、大柄の体を震わせて大声で歌いながら踊っていた。テレサもかすれた声で真剣に歌っていた。

こんどは歌の得意なマリが歌を先導した。シャンソンの歌姫エディット・ピアフを彷彿とさせるハスキーな声で、切々と歌いあげた。

わたしのマドリーナ　聖女バルバラ
ある日　わたしに言うには
もし彼女を信心するならば
彼女の祭壇にきて
彼女の剣を手にとり
山に行き　ゲリラとして戦いなさい

アフリカの精霊チャンゴーは、キリスト教の聖女バルバラと混淆しているが、この歌でも、わざわざカトリックの名前を使っていた。黒人たちが歌のなかで精霊のアフリカ名を避けているのは、かつての白人支配のなごりなのかもしれなかった。カトリック名を使うことで、アフリカ奴隷たちは弾圧されるのを逃れてきた。いわば、奴隷たちの知恵というか「面従腹背《めんじゅうふくはい》」の術だった。被抑圧者がサバイバルに使う「二枚舌」の作戦だった。

夢中で歌ったり踊ったりするうちは気づかなかったが、まわりを見ると、参加者は女性ばかりだった。男性は、ロドリゴとフリアの連れ添いの〈インディオ〉と僕、それと三人の太鼓打ち《ツンバドール》だけだ。

門外漢の勝手な理由づけはいけないとわかっていたが、ふと思った。

彼らがこうした太鼓儀式をするのは、ヒトに必要な野生のエネルギーを取り戻すためではないだろうか。女性たちの抑圧された意識が解放されるこうした儀式がつづく限り、子孫が絶えることはないだろう。この場に妊娠しているメルセデスはきていないが、数カ月後には赤ちゃんを授かることだろう。

とはいえ、まだ疑問は残っていた。常々感じている疑問だった。いまアフリカの精霊を讃える歌を歌っても迫害を受けるわけでもないのに、なぜなぜわざわざキリスト教の聖者の名前を唱える歌を歌ったりするのだろうか。わざわざカトリック教会の制約を自らに課せたりするのだろうか。

マリはロドリゴからサトウキビ焼酎の瓶を受け取ると、酒をラッパ飲みした。それから、また別の歌を歌いだした。お祓《はら》いの儀式は終わったが、歌と踊りはしばらく終わりそうになかった。

好奇心にかられた上半身裸の地元の黒人男性たちがやってきて、太鼓のまわりを取り囲んで、彼女たちの踊りを遠巻きに見守っていた。

いつの間にか、雨は止んでいた。

10

マラブの森から帰ってくると、あたしたちはただちに庭に出て、まるで戦いに備える女性兵士のように、血相を変えて祭壇の準備を始めた。

背の高いマリベラが仕立屋のように手際よく針と糸でシーツとシーツを繋《つな》ぎ合わせ、椅子の上に乗って、シーツの上のほうを垣根のへりに引っかけて留めた。まるでむき出しの塹壕《ざんごう》をカモフラージュするかのように、二枚の白いシーツで垣根をすっかり覆ったのだった。

白布の背景幕ができあがると、庭に出してあった円形テーブルと木製のオーデオラックにも白い布をかけて、祭壇を作った。それから、緑色の大きな大王ヤシの葉をいくつも祭壇のまわりに配置した。

庭には洗濯物を干すために何本かの細長い針金が渡してあったが、そこにもヤシの葉をのせ祭壇の上を緑色で覆った。

穢《けが》れのない白色の背景幕と緑色の葉が鮮やかなコントラストをなした。やがて日が暮れて、裸電球とロウソクの火に照らされると、そのコントラストは一層鮮やかになった。

この祭壇は、あたしの守護霊である〈アフリカの女王〉をまつるための舞台だった。精霊が降りてくる舞台だった。俳優が舞台でスポットライトを浴びるように、〈アフリカの女王〉も鮮やかなスポットライトを浴びるはずだった。

マリベラと一緒に祭壇の準備をしているあいだ、庭の別の一角では、マミータが明日の朝食のためにカボチャを細かく切っていた。

そのそばでは、母がニワトリの首を絞め、しばらくニワトリを熱湯でいっぱいのバケツに入れたあと、羽根をむしり取る作業に取りかかっていた。

母はメルセデスを呼んで、ニワトリを丸裸にするのを手伝わせた。それから、まな板の上でニワトリの内臓を取り除くと、小さな肉片に刻んだ。

そこまで準備が整うと、夕食の時間になった。戦いの緊張が解けたかのように、女性兵士たちのみなに笑顔が戻った。

マミータが台所で、大皿の上に茹でたユッカ芋と肉の煮込みを盛りつけて、親類縁者の者たちに配った。肉汁のかかったユッカ芋はとても美味しかった。


いつの間に、とっぷりと日が暮れて、庭が暗闇に包まれた。

裸電球とロウソクが煌々《こうこう》と祭壇を照らすなか、いよいよ夜の儀式が始まった。すでに十時ぐらいになっていた。〈サマータイム〉なので日が暮れるのが遅かった。

これから、朝まで歌と踊りはつづくのだった。ロベルトが心配そうな顔をして訊いた。

「夜中に住宅地のなかでこんな音を出して、近所迷惑にならないの？」

「あらかじめ警察の許可を取っているから大丈夫よ。でも、夜なかに喧嘩や騒動を起こさないと誓約させられたけど」

すでに、あたしは祭壇の上に〈アフリカの女王〉のためのお供え物を用意しておいた。ピンク色のデコレーションケーキが三つ、丸皿に入った豆の煮もの、ビスケット、ボトル入りのワインやラム酒、水を入れたグラス、赤いバラや白いアスセナを入れたグラスなどだった。

手を浄《きよ》めたり祭壇を浄めたりする薬草水の入った哺乳瓶も用意した。

〈アフリカの女王〉は、祭壇のいちばん高いところに鎮座していた。

祭壇作りをする前には、〈アフリカの女王〉の着替えを済ませていた。小さなテーブルの上で真っ黒な人形を裸にして、白いパウダーを振りかけると、海の波を連想させる青と白の格子縞の服を着させた。そして同じ柄の布を頭にかぶせた。首に青と白のネックレスを、腕には同じく青と白のブレスレットを巻きつけた。まるで子どもに晴れ着を着させるように、念入りに準備をした。

〈アフリカの女王〉を裸にするところを、ロベルトが写真に撮ろうとした。

「こんなところまでカメラで撮るの？　あなた、観光客じゃないのよ」

「森のベンベじゃ主催者だったから、一枚も撮ってないよ」と、ロベルトが反論したが、それは弁明になっていなかった。

〈アフリカの女王〉は、ヨルバ族の海の精霊イェマヤーに当たり、生贄にする動物もイェマヤーに捧げるのと同じアヒルだった。あたしは祭壇の手前に、叔父に言われてビニールシートを敷いておいた。叔父はその上にエレグアへのお供え物を並べた。

デコレーションケーキが一個と煎ったトウモロコシがブリキの洗面器のなかに入っていた。その他に、バナナやビスケット、キャンディが、まるで小枝に咲く花のように、一座に彩りを添えていた。

盥《たらい》のなかには、薬草水と大きな石が入っていた。この石はエレグアの象徴だった。

そのそばに、平癒の精霊ババルアイェのための箒とキビの茎を立てかけておいた。祭壇の左脇には、こちらでは〈カチータ〉と呼ばれる木製の〈慈善の処女聖母〉もまつった。

昼に森でおこなわれた儀式と同じように、祭壇の前には、三つの太鼓が並べられていた。祭壇の上のロウソクにはすでに火が点けられていた。地面におかれた小缶のなかの灯油にも火が点けられた。

叔父が音頭を取って、太鼓と歌が始まった。

真っ暗な庭は、すでに近所の人たちでいっぱいだった。子どもたちも大勢いた。

ロベルトが嬉しそうな顔をして、「子どもの頃の縁日のような雰囲気だ」と、言った。

アレレ　アレレ　オー　アレレ　アレレ　オー

マリボ　ヤヤ

アレレ　アレレ　オー　アレレ　アレレ　オー

マリボ　ヤヤ

アレレ　アレレ　オグン　ジェゴ

アレレ　アレレ　オー　アレレ　アレレ　オー

〈オグン・アレレ〉という歌だった。太鼓と歌に合せて、誰もが踊った。単純な歌詞を繰り返し唱えながら、踊りはいつまでもつづいた。

オグンは、鉄をつかさどるサンテリアの精霊だった。ちなみにコンゴ系の〈パロ・モンテ〉という信仰では〈サラマンダ〉と呼ばれていた。マリボ（腰蓑）をつけて、マチェテ（山刀）を持っているのが一般的なオグンの姿だった。「アレレ」というのは、「いいぞ、いいぞ」「よっしゃ、よっしゃ」といった意味の囃子《はやし》ことばだった。

オグンにまつわる神話で有名なものによれば、他の精霊たちと一緒にこの地上に降りてきたとき、オグンは山刀を持ってきて、休むことなく木の幹や雑草を切り払い、道を作ったという。オグンは無骨で実直な男で、両親と一緒に暮らしていたけど、母を好きになってしまい、母を犯そうとした。変身の術を心得え、スパイの能力もあるエレグアがそれを目撃して、父オバタラに密告した。父は激昂《げきこう》して、息子を罰しようとしたが、オグンは自らの行為を恥じて、犬を連れてひとり森のなかに引きこもった。そうした潔さもオグンの特性のひとつだった。

サンテリアでは、生贄の動物を屠《ほふ》るナイフはオグンのものだと考えられていて、司祭が儀式で動物を屠るとき、最初にオグンを称《たた》えて「オグン　チョロ　チョロ」と唱える。動物はまずオグンが食べる、という意味だ。オグンは色気より食い気の、腕力の強い精霊だった。

キキリキ　わたしの雄鶏が歌う
誰の目に　馬に乗った
エレグアの姿が　見えたのか

白い馬が　一頭
黒い馬が　一頭
誰の目に　馬に乗った
エレグアの姿が　見えたのか

叔父がエレグアのための生贄である、丸々と太った雄鶏を祭壇の上にのせた。雄鶏の腹をぐいと押すと、雄鶏はまるで催眠術にかけられたかのように、じっとして動かなかった。

叔父が手を放しても、雄鶏はその他の供物《くぶつ》に囲まれて、二本の前足を上向きにぴんと伸ばしたままだった。まるで、自分がエレグアの生贄になるのを観念したかのように、じっと目を閉じていた。

〈アフリカの女王〉に捧げるアヒルも同じだった。叔父が祭壇にアヒルを上向き寝かせると、アヒルも魔術にかかったように、じっとしたまま動かなかった。

それまでも、叔父はサトウキビ焼酎と葉巻をつかって、まるでこの世とあの世を行き来するかのように、自分自身のなかに神がかりの状態を作りだしていたが、いまは動物の意識までコントロールしているかのようだった。ロベルトのほうを見ると、叔父のブルヘリアとしての「魔術」にうっとりと魅せられているようだった。


そうした供犠《くぎ》の段取りを踏んでうちに、夜も更けてきた。

叔父がナイフを手に取った。ようやく雄鶏とアヒルを生贄にするのだ。左手で雄鶏の四本の足をまとめてつかむと、鶏の頭を足のほうに引っ張っていった。うなじにナイフを持っていき、頸動脈を突き刺すと、血がナイフを伝わって、盥《たらい》のなかの石に流れ落ちた。

叔父はすべての血が体の外に流れでるまで、雄鶏の頭を下向きにしていた。あたかも医者が患者に輸血を施すかのように、叔父は雄鶏の血を一滴も無駄にしないで精霊エレグアに捧げた。

ベンベ・アンケ・ベンベオ・ベンベオー
ベンベ・アンケ・ベンベオー・ベンベ
ア・ラ・ド・ベンベリート・ジェゴ

午前二時になると、ベンベの精霊ベンベリートが他の精霊たちとともに降りてくる。そういう意味の歌だった。叔父や太鼓打ちたちは疲れた素振りなど見せなかった。ロベルトは眠たそうな目をして、子どもたちの寝ている部屋にいき、ベッドに横になったようだった。

賑やかな太鼓の音につられて、家の外では、少し前から、家のなかに入りたがっているやじ馬たちが騒いでいた。警察と交わした誓約書を思い出して、急に怖くなった。もし警察に踏み込まれてでもしたら、どうしよう。

なぜかわからないけど、急に〈アフリカの女王〉が降りてきたみたいで、叫んでいた。「誰か助けて。外の人たちを静かにして!」

マリベラが血相を変えて、入口のほうへ駆けていく姿が見えた。

11

マラブの森からエル・コブレのテレサの家に帰ってきたときのことだった。

僕はテレサたちによる飾りつけの終わった庭で、マミータが皿に盛りつけてくれたユッカ芋と肉の煮込みの夕食をとりながら、ある感慨に浸っていた。

初めてキューバを訪れたときに、いちばん強烈な印象を残したのは、エル・コブレで見たベンベだった。

その翌年、エル・コブレを再訪して、教会の近くにあるエディタの家でテレサを紹介された。あのときはテレサが自分の家でベンベをやってくれることなど、想像すらしなかった。どこかベンベをやるところがないか、と尋ねても、夏はめったにやらない、とテレサはそっけなく答えるだけだったから。

そもそもベンベは家族や親類が中心になっておこなうものだから、その情報は口コミに頼るしかない。本当のところは、ベンベについてどこからともなく情報を集めて来るホルヘに訊くのが一番だったが、噂ではホルヘはわずかな税金を払わずに警察に捕まってしまったらしかった。

テレサによれば、十二月ならば、けっこういろいろな家でベンベがおこなわれるらしかった。主に聖女バルバラや聖人ラザロの祭日に合わせて、それぞれ十二月の四日と十七日に。

テレサは知らない人の家でおこなわれるベンベには熱心でないようだった。招かれてもいないのに、のこのこ出かけていくのは、プライドが許さないのだった。なにしろ彼女の守護霊は〈アフリカの女王〉なのだから。

ひょっとしたら民俗舞踊の踊り手として、洗練された文化的な催しもので踊るのはいいとしても、土着的で野性的なベンベで踊るのを避けていたのかもしれない。

以前、テレサは「あたしは民族舞踊の踊り手〈バイラリーナ〉であって、ただの踊り子〈バイラドーラ〉じゃない」と、僕に説明したことがあった。

僕には、ベンベにまつわる大きな疑問があった。

それは、経済的にあまり豊かとはいえないキューバの黒人たちが、どうして大金を使ってこうしたベンベをおこなうのだろうか、というものだった。

家族以外の共同体のメンバーのために、大きな出費をしないと、その家族には幸福は訪れないということなのだろうか。

現世的な利益やお金に執着しているうちは幸福になれないという価値観があるのだろうか。

ひょっとしたら厄祓いとは口実で、持ちまわりでよその者たちに大判振る舞いをしながら、互いに楽しい瞬間を分かち合う機会を作り出しているのだろうか。

あるいは、太鼓をつかって目に見えない先祖霊や精霊を招喚することで、自分たちの死を思い出す機会を作り出しているのだろうか。

あれこれ想像をめぐらしているうちに、民俗学者で映像作家のHさんのことを思い出した。Hさんは古来から日本各地に伝わる儀式を取り上げながらも、Hさん自身は安易な意味づけをしないように心がけていた。映像作品に語らせて、作者は一切語らずという「禁欲主義」を貫いていた。以前、Hさんに『イヨマンテ　熊送り』という映像を見せてもらったことがあった。北海道のアイヌの人たちの神送りの儀式を撮ったものだった。

〈イヨマンテ〉とは、ヒグマの子を捕らえてきて、半年のあいだ檻のなかで餌を与え飼ったあとで殺し、その魂《カムイ》を神々のもとへと送り返す儀式のことだった。アイヌの人たちにとって、熊とはただの動物ではなく、熊の毛皮をまとった「神」らしかった。

熊の肉や毛皮は、人間への贈り物として有り難くいただく。その代わり、アイヌの人たちは犠牲になる熊にいろいろとお土産を用意する。神々の世界へ帰ってゆく熊の魂にたくさんのお土産を持っていってもらうために。この世でいい思いをしたという「記憶」をあの世の神々に伝えてもらうために。そして、ふたたび人間への贈り物として、この世界に戻ってきていただきたいと願うのだという。

このアイヌの儀式にどのような意義があるのですか、と質問したことがあった。Hさんは、「あなたはどう思いますか？」と、逆に僕に訊くだけだった。

厳冬の一週間をかけて、村人たちが全員で鏃《やじり》をはじめ、生贄につかう道具を作りながら準備を進める。儀式の当日も、朝早くから女性たちは煮炊きのために、男性たちは供犠《くぎ》のために時間を割く。

たった一頭の熊のために。

Hさんがこの映像を海外に持っていったときに、ふたつの興味深い反応に遭遇したという。アメリカのある大学で上映会をしたとき、映画を見た聴衆のひとりから「アイヌの人たちは、なんでこんな原始的で野蛮なことをするのか！」と、厳しい批判を受けた。

一方、ドイツでは、「なんと生命を大切にする人たちなのか！」という賞賛の声があがったという。

テレサが喚《わめ》きちらしていた。夜もだいぶ更けていた。

まるで母親に叱られて必死に弁明する少女みたいに、常軌を逸した声だった。いま、テレサは無礼な家来たちを叱る女王のつもりなのだろうか。

エディタの家でイェマヤーの踊りを披露してくれたときも、テレサは神がかりの状態になって、最後は失神してしまった。セリアが抱きとめて、襟首に水をかけてやり、ようやく正気を取り戻したのだった。

そういう能力は母親ゆずりにちがいなかった。普段はおとなしいテレサでも、頭のどこかでパチッとスイッチが入ると、別人に変身するようだった。

ついさっきロドリゴがアヒルの血を祭壇の〈アフリカの女王〉に捧げたとき、その直前まで澄んだ高音で歌い、派手なアクションで踊っていた青年も、神がかりの状態になった。

その大柄な青年はグスタボといい、血相を変えて、近くにいた者にロウソクを持ってくるようにという仕草をした。

グスタボは左手にロウソクを持つと、蝋を右腕の上に垂らし、居合わせた者たちにちっとも熱くないという素振《そぶ》りをした。それから、ナイフを持ってくるように、仕草で指示した。右手でナイフを受け取ると、それで自分の左腕を傷つけた。

これもちっとも痛くないというような素振りをした。刃の腹の部分を自分のほうに向けているので、他の人を刺すつもりはないようだった。

グスタボは、妊娠しているテレサの娘を呼びにやり、祭壇の前に連れてこさせた。まるで酔っぱらっているみたいな喋り方で、言葉の意味は不明だった。マリがそばに寄り添って、通訳の役割を買ってでた。

青年はメルセデスにシャツの前を持ちあげさせた。

若い妊婦のぽっこり膨れたお腹があらわれた。

グスタボはナイフをお腹に当てて、何ごとかをつぶやいた。

丈夫な赤ちゃんが生まれてくるように、厄祓いをしてあげたのだった。

メルセデスはグスタボを信頼しているらしく、ちっとも怖がってはいなかった。

十五歳とはいえ、さすが母親になる女性は違った。

そう感心していると、そばにいたテレサが言った。「マリコン・ロコよ」と。

〈マリコン〉というのは、スペイン語の俗語で「おかま」という意味だった。「イカレたおかまよ」と、テレサは言ったのだ。

どおりで、グスタボはデザインがオシャレなTシャツを着ていた。

通常、キューバでは、〈マリコン〉は人を侮辱する差別語としてつかわれるが、テレサが神がかりの青年をそう呼ぶのは、青年を侮辱しているからではなかった。

ちょうど母親が他人に向かって「うちの子はほんとバカ正直なんだから」と言って、自分の子が「ずる賢い悪い子ではない」ということを自慢したいのと同じだった。

このグスタボ青年の場合、世の中のマッチョな男どもよりずっとマシよ。そうテレサは言いたいようだった。

どうして家の外が騒がしいのだろうか。ロサによれば、テレサが早い時刻にゲートを閉めてしまったからだった。それで、ベンベに参加できない人たちが、まるで群れをなしたイルカみたいに入口の前をしつこく周回して、騒いでいるのだった。

庭に石を投げ入れた者がいたらしく、怒ったマリベラがゲートのところまで行き、誰が投げたのか、怪我をしたらどうするの、とものすごい剣幕で怒鳴った。

そうすると、やじ馬たちもそれを囃《はや》すかのように、どうして入れないのだ、と騒いだ。

マリベラもすぐに神がかりになる気質《たち》だった。踊るときも目が真剣で、その世界に没入するのだった。彼女はテレサと同様、母親の血を引いて巫女《みこ》の能力にたけていた。

十八世紀以降の西洋に端を発する産業文明は、そうした「未開社会」の神がかりの能力を軽視してきた。ヒトの持つ霊威を未発達で幼稚なものと見なしてきた。

世界各地の「未開社会」には「トーテム（トーテミズム）」という考えがある。この宇宙のなかで、ヒトと動物と植物は、同じ部族や血族というかたちで分かちがたくつながっていて、だから、つながりを断つようなことをしてはならない、という掟のようなものだった。

さまざまな禁忌《タブー》が設けられていて、たとえば、あなたが〈狼〉の氏族《ファミリー》だとしよう。動物や植物のなかにも〈狼〉のファミリーに属するものがいるので、それらはあなたの仲間となる。あなたがそうした仲間を殺したり、食べたりするのはタブーとして禁じられている。そのように、ヒトを他の動物や植物と同列におく「未開社会」の思想は、自然との共生を唱え、人間中心主義のおごりを戒《いまし》める。

マリベラが真剣なまなざしで怒ると、やじ馬たちは一瞬、怖れおののいた。動物的な本能がそうさせるのかもしれなかった。それでも、やじ馬たちは引き下がろうとしなかった。まるで獲物を奪おうとするハイエナみたいに、執拗に食い下がった。

外の騒ぎにおかまいなく、庭では、ベンベの歌と踊りがつづいていた。

カリブ海のインディオの名前を呼ぶ
あのアフリカ人の名前を呼ぶ

さあ　会いにいこう
カリブ海のインディオに　会いに

やってきた　やってきた　やってきた
カリブ海のインディオが
山から　ひと仕事(儀式)するために

テレサの隣人、ジョージが〈カリブ海のインディオ〉という歌を歌っていた。ジョージは、坊主頭で背が低かったが、肉付きの良い体をしていた。僕がジョージの家の前を通りながら挨拶すると、いかにも人のよさそうな笑顔で応じたものだった。ジョージはスペイン語の他に英語も話すことができた。それで、本名はゲオルグだが、みなからジョージと英語名で呼ばれていた。服装がおしゃれだったからかもしれない。

テレサによれば、ジョージも〈マリコン〉らしかった。平日は看護師として病院で働いていて、日曜日は玄関先で床屋を開いて、小銭を稼いでいた。このときは、まるで助走する走り幅跳びの選手のように両腕を大きく振りながら〈カリブ海のインディオ〉を歌っていた。でも、顔つきはインディオではなかった。ジョージは褐色のムラートだった。

カリブ海のインディオたちは、十六世紀にヨーロッパからやってきたスペインの征服者たちに抵抗した。キューバ島のみならず、いくつかの島を股にかける海洋民だった。

テレサに聞いたところでは、キューバでは、とりわけ十六世紀の、イスパニョーラ島から渡ってきたタイノ族の首長アトゥェイが有名だった。スペイン人に捕らえられて火あぶりの刑に処せられるときに、キリスト教に改宗するように司祭に説得され、首長アトゥェイは「お前たちのような野蛮な連中がいく〈天国〉などには行きたくもない」と、言って洗礼を拒んだという。だから、〈カリブ海のインディオ〉は、キューバの黒人たちにとっても、頑固な強者《つわもの》のイメージが強く、人気があるのだった。僕はロドリゴの家の祭壇に飾ってあったインディオ像を思い出した。

おい　農場監督よ　もうオレを呼ばないでくれ
オレは　森のマヨンベロ
昼でも　オレは　お前なんか怖くない
夜なら　もっと怖くない

次にジョージが歌ったのは〈農場監督の歌《マヨラール》〉だった。奴隷制時代には、混血のムラートが農場監督になることが多かった。ある意味、白人の主人より凶暴だった。奴隷に厳しく対処していないと、自分自身の地位が危うくなるので、農場監督は黒人奴隷に無慈悲に鞭を加えた。これはそんな凶暴な農場監督に対する、黒人奴隷たちの抵抗の歌だった。

だから、混血のジョージがこの歌を歌ったことは、皮肉に思えた。でも、マッチョなキューバ社会でゲイであることが、ジョージに黒人奴隷へのシンパシーを感じさせたのかもしれなかった。

この歌の主人公は、山奥に逃げた逃亡奴隷(山のアフリカ人)だった。さまざまな木の枝を粉にして敵に吹きかけてダメージを与える、アフロ信仰パロ・モンテ(マヨンベ)の司祭だろう。

「怖くない」というのは、たんなる空威張りではなかった。夜陰に乗じて、家畜の餌などに毒草をまぜたり、農機具を壊したりすることなど朝飯前だった。家畜を毒殺された白人たちは、そうした災いがいつ自分たちに及ぶのか、戦々恐々としていた。いまで言えば、戦力に劣る側が取るゲリラ戦法だった。

わたしがひとりの名前を呼ぶと
三人がやってくる
エレグアやオグンの戦士たち
それと　ババルアイェ

ババルアイェ　ババルアイェ
見て　あなたの子どもたちの姿を
なんて素敵なんでしょう

あなたのエネルギーが
やってくるのは

次に歌われたのは〈ババルアイェの歌〉だった。ババルアイェは平癒《へいゆ》の精霊だった。体じゅうに天然痘の痕ができ、脚も不自由で杖をついていた。若い頃は、有能でルックスもよく女性にモテたらしいが、傲慢になりすぎて、天然痘(一説に性病)になりヨルバ王国から追放され、他国(ベニン共和国)で復活したという。

キューバでは、似たような特性を持つカトリック教会の聖人ラザロと混淆していた。アフリカ系の信仰が、カトリック教会の偶像を採用するのは、奴隷たちがアフリカの精霊たちをそのまま崇《あが》めたりすると、キリスト教徒の支配者たちから迫害を受けるからであった。と同時に、アフリカの精霊たちが、異郷でさまざまな顕《あらわ》れ方をすると考えるからでもあった。

ババルアイェは、キューバでは聖人ラザロとなって顕われるが、その他の宗教世界では、別の姿を取るかもしれなかった。日本で言えば、さしずめ「厄除けのお大師さま」こと、真言宗の開祖、弘法大師(空海)の姿をとるのだろうか。

玄関口で、やじ馬たちと争っていたテレサがマリベラと一緒に庭に戻ってきた。まだ怒りは収まらず、台所から庭に通じるドアを盛んに蹴っていた。

「こんな騒ぎをしていると、警察がきてしまう!」と、テレサが叫んだ。

警察も心配だが、テレサの精神状態のほうがずっと心配だった。

フリアがテレサを羽交《はが》い締めにして、彼女を宥《なだ》めていた。テレサはフリアの腕を振り払おうと、抵抗した。

お腹の大きなメルセデスがそばに行き、テレサの肩に手をやった。

「ママ、心配しないで」と、娘がいさめたが、それでもテレサは抵抗をやめず、メルセデスを押しのけた。メルセデスはよろめいて後ろの壁にぶつかって、倒れてしまった。

僕はテレサのもとへ駆けより、ラグビーのタックルよろしくテレサの腰に両腕をまきつけ、そのまま体を持ちあげた。

昔、柔道をやっていたことがあるので、これくらいのことは朝飯前だった。寝室までテレサを連れていくと、幼い子どもたちが寝ているベッドの上に彼女をおろして、そのまま横にさせた。

彼女があばれないように、抱きしめたままそこに添い寝した。なりふり構わず、咄嗟《とっさ》の行動だった。子どもたちの母親もマミータも台所のほうから、こちらを見ていた。

ロドリゴは太鼓を鳴らすのをやめさせた。

太鼓と踊りは、一時中断となった。

しばらく踊りをやめて、やじ馬たちを解散させることが最善策だと判断したのだった。

12

ロベルトに抱きかかえられて、あたしはベッドの上で横になっていた。なぜかまるで親熊に抱かれた子熊みたいに、心地がよかった。

自分でもあり自分でもないようなことを口走っていた。とにかく、外のやじ馬たちに腹が立っていた。

ベンベを台なしにさせられてなるもんか。あいつらの騒ぎを止めなきゃ。

そういう一心で、娘まで突き飛ばしてしまった。赤ちゃんを身籠《みごも》っているのに、なんということをしてしまったのだろうか。

〈アフリカの女王〉を守護霊にしていながら、情けない気分だった。叔父に言わせれば、〈アフリカの女王〉の子は、愛情が深い分、憎悪も深いということだった。

高価なアヒルを〈アフリカの女王〉のために犠牲にして厄祓いの儀式をしておきながら、赤ちゃんにもしものことがあったら、何のためのベンベなのだろうか。

しばらくロベルトに抑えられて横になっていると、高揚した気分も冷めてきた。

ようやく外の空も白んできていた。

ベッドから起きあがると、庭にいき、ベンベを再開させた。

ロベルトはまだベッドに横になっていた。

いとこのマリが仲間に加わり賑やかになった。あたしは仲間に加わらずに、歌と踊りを見ていた。グスタボとマリが交互に歌を先導した。ふたりとも歌がうまかった。彼らの体のなかから魂の叫びが湧いてくるのだった。それがその場に居合わせた者たちの内なる魂と呼応して、まるでプロスポーツの緊迫した試合で選手と観客が一体となって、普段味わえない高揚感に包まれているかのようだった。

太鼓打ちは相変わらず元気に太鼓を打ち続けていたが、叔父の姿はどこかに消えてしまっていた。

ロベルトがベッドから起きてきた。台所の戸口に立って、若者たちの踊る姿を見ていた。

エディタの弟のガブリエルがロベルトのところに近づいていった。ふたりは何事かを話していた。

エディタは来ていなかった。エディタは、金《かね》づるの外国人を奪われた、とあたしを恨んでいた。そういうこともあってあたしもガブリエルをそれとなく避けていた。

ロベルトを紹介してあげたのだから、金をよこせ、とエディタに露骨に言われたことがあった。それ以来、エディタの家の前を通るのをやめていた。お金をあげるのも嫌だったけど、エディタが人に呪いをかけるという噂を聞いていたからだ。ブルヘリアだから、そのくらいの術は心得ているはずだった。

叔父や母だって、やろうと思えば、呪いぐらいかけられるけど、かけた呪いはいずれ自分に跳ね返ってくると信じていたので、あえてその手は封じていた。

エディタにはそうした防波堤がなくなってしまったのかもしれない。ブルヘリアの術をネガティブな方向に使い始めて、自分の怨念をマグマのように外に噴き出しつづけていた。

夜が完全に明け、明るくなってくると、セリアはいいかしら、とあたしに断ると、祭壇に飾ってあったケーキを鷲《わし》づかみして、次々と親族の者たちの顔に塗りたくった。セリアは精霊たちの代理人の役割を果たして、みなの厄祓いをしているのだった。祭壇のケーキは一昼夜エレグアや〈アフリカの女王〉に捧げられたものなので、ある意味、それらの精霊たちの霊力のお裾分《すそわ》けなのだった。

ひと通りセリアによる厄祓いが済むと、あたしは残ったケーキやお菓子を参列者に配った。それまで隅で眠たそうにしていた近所の子どもや母親はガバッと目を見開いて、我先にと列を作った。そして、お土産をもらうと、さっさと家路についた。太鼓打ちたちも、ケーキを持って帰っていった。

それでもマリとグスタボは歌をやめなかった。太鼓の代わりに手拍子を打ってリズムを取った。次から次へと歌謡曲が歌われ、一座はお祭りの様相を呈した。ロサもマミータも、マリベラも加わって、疲れ知らずに流行歌を歌って踊った。

ふとロベルトがマリに近づいていき、何かを頼んだ。マリはグスタボや他の若者たちに目で合図をすると、〈ママ・フランシスカ〉を称える歌を歌いだした。

感じるよ　呼びかけてくる声が

深い海の底から
アフリカーナの声が
呼びかけてくるに
儀式をするよう

いつの間にかロベルトがあたしのそばにやってきて言った。

「ありがとう、テレサ。ベンベをしてくれて」

ロベルトは、まるで蝶が花の蜜を吸うみたいに、顔をあたしの顔に近づけて言った。「ちょっとだけ、〈シマロン〉に近づけた気がする」

ベンベを一回やったぐらいで、あたしたちの祖先と同じになれるわけじゃない。スペイン人に迫害されて生きるか死ぬか、山のなかで必死の思いでいたのだから。

それでも、そんなことは言わないでおいた。よそ者なのに、あたしたちのなかに飛び込んでくれた勇気に感謝していたから。

これまでロベルトがアフロ信仰についてあれこれ質問するので、こちらも自分が知らないことに気づいて、叔父や母に確かめたりした。改めて自分たちの先祖のことを考えたりして、自分のなかに〈シマロン〉の自覚が芽ばえてきたのだった。

「ところで、〈ママ・フランシスカ〉って誰?」と、ロベルトが訊いた。

「海の精霊よ」

「サンテリアのイェマヤーみたいに?」

「そうよ。〈アフリカの女王〉とも呼ぶのよ。朝、人形に着替えさせるのを見たでしょ」

「あれが〈ママ・フランシスカ〉なの?」

「そうよ、母性をつかさどる海の精霊。愛情に満ちて、やさしい。でも、正義感が強く、戦士のように好戦的で、雌ライオンみたいに勇敢なの。毎年七月のサンティアゴの〈炎の祭典〉で、あたしはエディタのところで着た青と白の衣装で踊るのよ」

「海の精霊って、ずっとイェマヤーだと思ってきたけど、こちらじゃ〈ママ・フランシスカ〉なんだ!」

「大事なのはそういう違いじゃないのよ。叔父さんに聞いたんだけど、〈ママ・フランシスカ〉は、あの世にずっといるんじゃないって。あたしたちは儀式で太鼓を打ち鳴らして、〈ママ・フランシスカ〉をはじめとして精霊たちをこの世に呼び出すんだって。おかげで、あたしたちは生まれたときに与えられた運命を生きることができる。だから、精霊たちにお気に入りのお供えをあげなくちゃいけないいってわけ」

ママ・フランシスカ　その名を呼ぶよ　ああ神よ
ママ・フランシスカ　返事をくれない

ママ・フランシスカ　その名を呼ぶよ　ああ神よ
その名を呼ぶよ　儀式をやるために

ああ　流れろ　水よ　流れろ　水よ　イェマヤー
ああ　流れろ　水よ　流れろ　水よ　イェマヤー
ああ　流れろ　水よ　流れろ　水よ　イェマヤー
流れろ　水よ　流れろ　水よ　魂の流れと共に

最近、なぜか自分のなかに〈ママ・フランシスカ〉の子としての自覚が芽ばえてきた。ロベルトに会う前は、母や叔父がやっていることに引け目を感じていたけど、いまは眠っていた血が騒ぎだしてきた感じだった。

自分のなかには、父の記憶はほとんどなかった。物心ついたときには、亡くなっていたから。ひょっとしたら、父は母と離婚して、そのままいなくなったのかもしれなかった。母は幼いあたしに父への未練を持たせないために、亡くなったと言っていたのかもしれない。それでも、幼い頃は叔母や姉に囲まれて愛情たっぷりに育てられた。確かに、食べ物や服など、足りないものばかりだったけど、不幸だと思ったことなど一度もなかった。まわりの人たちも似たり寄ったりの貧乏だったし……。

正直なところ、ときどき父がどんな人だったのかな、と思うこともあった。特に、母が仕事で家にいない夜もあって、姉のマリベラがあたしとマミータに夕ご飯を食べさせてくれたものだった。あるとき姉に「お父さんがいるといいのに」と、言ったことがあった。すると、姉は普段はおとなしいのに、急に怒り出して、ご飯食べなくてもいい、と言うのだった。本心を言っただけで、そんなに怒られるとは思っていなかったから、自分も意地になって、ご飯なんかいらないってすねて、別の部屋に行ってしまった。でも、あとで思った。姉も寂しかったんじゃないかって。

父のいないことが負い目になって、母や叔父のブルヘリアの仕事を人に誇れる仕事には思えなかった。ときどき姉は母と一緒に厄祓いの儀式についていったけど、あたしはなるべく近所の友達と遊ぶという口実をつけて、儀式から遠ざかるようにしていた。

メルセデスが生まれたとき、相手の男とは結婚するつもりなどなかった。ただ子どもがほしいだけだった。それで娘には、自分と同じように父のいない生活を経験させることになってしまった。それでも、母はもちろんだけど、姉や妹にも助けてもらって、娘はグレることなく素直に育ってくれた。

娘が十代になったばかりの頃に、あたしはブルーノと結婚して、娘を母に預けてドイツに移住してしまった。結局、一年半で別れてキューバに帰ってきたけど、その間、娘には辛い思いをさせた。だから、数カ月後に娘に赤ちゃんが生まれたら、その償《つぐな》いではないけど、赤ちゃんの世話をしてあげなければならない。心の底からそう思っていた。

それなのに、さっきは我《われ》を忘れて、娘を突き飛ばしてしまった。娘はあとで、「あたしは大丈夫よ、心配ないで、ママ」と、言ってくれたけど、赤ちゃんに万が一のことがあったらどうしよう。ロベルトが抑えてくれなかったら、もっと興奮していたかもしれない。

マリの歌う〈ママ・フランシスカ〉の歌を聴きながら、あたしの肩に乗せたロベルトの腕が優しく揺れた。

そうだった、〈ママ・フランシスカ〉は自分の守護霊だった。これまでそのことを信じていながら、エディタの呪いが怖かった。

いま何か吹っ切れたような気がした。まだ自信はなかったけど、自分もブルへリアになってみようという気持ちが湧いてきた。

生まれてくる孫のためにも、娘のためにも、それが一番だと感じた。ブルへリアの仕事ではわからないことがいっぱいあった。でも、母や叔父のもとでに見習い修行をすればよかった。

これまで失敗ばかりの人生だった。これからも失敗するかもしれないけど、後悔などしたくなかった。ブルへリアになって、娘だけでじゃなく、困っている人たちを助けよう。

自分もそうだけど、生きていれば、悩みも出てくる。本人ではどうしようもないこともある。そんな悩んでいる人のためになれたら、その人だけでなく、あたし自身も勇気をもらえるに違いない。

感じるよ　呼びかけてくる声が

深い海の底から
アフリカーナの声が
呼びかけてくる
儀式をするように

いつの間にか、娘がそばにやってきて、踊っているマリベラやマミータを見ていた。マリやグスタボ、ジョージも、まるでライオンの獲ったシマウマの肉を食らうハイエナみたいに、貪欲に歓喜の瞬間《いま》を楽しんでいた。

「あなたは無理ね、踊るのは」と、そっと娘に声をかけた。

ロベルトがもう片方の手で娘を引き寄せ、あたしたち母娘の肩を別々の腕で抱いた。亡くなった父の霊が自分たちを見守ってくれているような気がした。

娘が垣根から取ってきた赤いハイビスカスの花をロベルトに差し出した。こちらでは〈マール・パシフィコ〉とも呼ばれる、〈ママ・フランシスカ〉にお供《そな》えする花だった。

「エレグアの子に、幸運がありますように！」と、娘が少女らしい甘い声でロベルトにささやいた。

ロベルトは赤いターバンを巻いた娘の頭をそっと撫でて、誰もが気を許すような笑顔を作って「グラシアス！」と、答えた。

フリアとセリアのふたりが台所の戸口に立って、こちらを見守っていた。奇しくも母の守護霊はエレグアで、セリアの守護霊は〈ママ・フランシスカ〉だった。

母は昼のマラブの森でのベンベで、真剣にエレグアへの儀式の準備を執りおこった。自分自身の守護霊に対する母の信仰心はあたしの比ではなかった。ロベルトが神がかりになった人をカメラで撮ろうとして、母に叱られ、うろたえたと言っていたけど、それくらい母は霊的な世界に入り込む人だった。

あたしは母ほど熱心ではなかった。ときどき母が行きすぎていると感じることもあった。それでも、やっぱり自分のなかにも確実に母と同じ血があることは否定できなかった。でなければ、こんなベンベなどやる気にならなかったはずだった。

夜のベンベでは、セリアが〈ママ・フランシスカ〉のために、儀式が滞りなく進むように叔父の手助けをしていた。叔父がランプに火を点けるときにはライターを手渡したり、歌や踊りを中断させることなく進行させるために サトウキビ焼酎を叔父にさりげなく差し出したり、生贄のアヒルや雄鶏を殺すときにはナイフを叔父にあげたりした。それに、先ほどはあたしに代わって、祭壇のケーキを居合わせた者の顔に塗りたくってくれた。セリアはそんな細やかな気遣いができる人だった。

セリアに感謝の気持ちを伝えたかった。セリアは夫のガブリエルと帰り支度をしていた。あたしはふたりのいる台所まで行った。

「毎日、〈ボベダ・エスプリッツアル〉のお水を替えるのを忘れないでね。ご先祖さまが喜ばれるはずだから。あなたのお父さまも」

そうセリアがアドバイスをくれた。

そばにいた母は何も言わずに、セリアの言葉に肯《うなず》いただけだった。

「わかったわ。いろいろとありがとうございました。これからも、ブルヘリアの仕事を教えてね」

「あら、どうした風の吹き回しなの？　興味が出てきたの？」と、母が興味をそそられたように言った。

「いや、メルセデスにも子どもができるし、この際、ブルヘリアの修行をしようかと思って」

その言葉を聞いて、セリアは嬉しそうに笑って言った。

「あなたは大丈夫よ。フリアの血を引いているし、マリベラもいるしね。焦らないでやりなさい。きっといいブルヘリアになれるわ」

敬愛するセリアにそう言われて、知らずに自信のようなものが湧いてきた。準備が本当に大変だったけど、ベンベをやってよかった。

ロベルトはどうなんだろうか。

ロベルトは庭でつづいているアカペラの「カラオケ合戦」を娘と一緒に興味深そうに見ていた。なんでも調査の対象にして、あれこれ質問するロベルトの貪欲さに、うんざりさせられることもあったけど、こちらが普段その意味を深く考えずにおこなっていることを質問されて、改めて考えさせられることも多かった。

たとえば、なぜキューバの黒人たちがお金のかかるベンベをするのか、と聞かれたことがあった。ベンベの意義なんて、それまで考えたことなどなかった。でも、自分でベンベを主催してみて、それが少しわかった気がした。

自分たちは貧しく、生きて死ぬまで、いわばその日暮らしの生活をしている。一日一日を生き延びるだけで精一杯で、生きている意味とか喜びとかを感じられることはない。家族と一緒に暮らしていても、孤独で寂しいときもある。でも、ベンベは自分たちが霊的な存在で、先祖霊や精霊などと繋《つな》がっていることを自覚させてくれる。それが実感できれば、孤独など感じなくて済む。大きな宇宙のなかで、自分は独りじゃなく、他のヒトや動物や植物と一緒に生きている、精霊たちと一緒に生きている、と信じることができる。

ひょっとしたら、それが〈アフリカの女性《アフリカーナ》〉のメッセージなのかもしれない。そのことがアジア人のロベルトにも伝われればいいのだけど。

台所の戸口から手を振ると、ロベルトは娘のそばからこちらに手を振った。それから、何か言いたそうな顔で、こちらにひとりで歩いてくるのだった。

13

テレサが手配してくれた昼と夜のベンベで、僕はある覚醒らしきものを得たのだった。

二日目の朝、マリやグスタボたちが手拍子を打ちながら流行歌を歌っているとき、マリに〈アフリカの女性《アフリカーナ》〉というベンベの歌を歌ってくれるように頼んだ。

歌のなかで〈アフリカの女性〉は、最初、〈アフリカの女王〉とか〈ママ・フランシスカ〉とか〈イェマヤー〉とか呼ばれていたが、最後にはカトリック教会の聖母に置き換えられていた。本来、アフリカの精霊とキリスト教の聖母は別々の神性であるはずだが、すべて等式で結ばれていた。

なぜ〈アフリカの女性〉は、いろいろな名前を持っているのだろうか。

テレサの叔父にベンベをしてもらい、さまざまな儀式を経験して、ふと閃《ひらめ》いたのだった。ベンベの歌に見られるこうした置き換えこそ、カリブ海の植民地に奴隷として連れてこられたアフリカ人たちの防御手段ではなかっただろうか、と。

奴隷たちの想像力のなかで、〈アフリカの女性〉はいくつもの姿に変装する。自分たちの神霊の継承のためならば、権力者の前では固有名詞にこだわらない。

黒人たちがカトリック教会の聖母を讃える歌を歌っているからといって、キリスト教に改宗したとは言えない。そもそも彼らがカトリック教会の処女聖母に見る姿は、黒い肌の〈アフリカの女性〉

なのだから。

マリの歌を聴きながら、彼らの境遇に身をおいて初めて気づいたことがあった。長いこと抱いていた疑問がいま解けたような気がしたのだった。

いま黒人たちは禁じられているわけではないのに、なぜわざわざキリスト教の聖母や聖者たちの名前を唱える歌を歌ったりするのだろうか。それがなかなか解けない謎だった。

それがいまふと閃《ひらめ》いたのだ。もしそうした「制約」がなくなったら、もし自由にアフリカの精霊たちを讃えられるようになったら、ベンベは精神性《スピリチュアリティ》を失い、世俗的なものになってしまうだろう、と。

アフリカでは、ヨルバ語であれ、バンツー語であれ、自分たちの言語で自分たちの精霊を讃《たた》えればよかった。一方、カリブ海や南米の植民地に連れてこられたディアスポラの民は、支配者の言語と彼らの言語の折衷したクレオール語を使い、支配者の宗教(カトリック教会)の偶像と折衷《せっちゅう》した形でしか、自分たちの精霊たちを崇《あが》めることができなかった。

だからこそ、そうした折衷という「制約」を取り払ったら、自分たちの精霊もいなくなってしまう。それがディアスポラの民の宗教の逆説なのだ。

いまマリやグスタボは歌謡曲を歌いながら踊っている。それはエンターテーメントとしては楽しいかもしれないけど、誰も神がかりになったりしないだろう。憑依現象のないベンベは、いわば精霊のいないダンスホールみたいなものだ。ダンスホールでは、祈祷師の代わりにＤＪが活躍するけど、ＤＪは目に見えない精霊たちを呼び寄せられるわけではない。

そう考えると、祈祷師はベンベというダンスホールで、生きている人々と、地上に降りてきた精霊たちとを一緒に歌い踊らせるＤＪなのかもしれない。


僕は当時そうした謎解きに夢中になっていた。だから三年後のいま、テレサからエディタやセリアの死を知らされるまで、ほとんど忘れかけていたことがあった。

マリとグスタボが歌謡曲を歌っているときに、エディタの弟のガブリエルが近づいてきたのだった。

僕はガブリエルに、エディタは元気かどうか、訊いた。エディタの家でベンベを開いてもらってから一年近く会っていなかったからだ。

ガブリエルは元気だけど、と断ってから、「ちょっと変なんだ。〈パロ〉に凝ってて」と言った。代父の家で、自分をいじめる上司に復讐するために枝《パロ》をヤスリで削って粉を作っていたアマウリのことを思い出した。エディタは誰に復讐するつもりなんだろう。テレサじゃないといいけど。

ガブリエルは、それ以上詳しくエディタに起こった異変について話してくれなかった。「またエディタの家に遊びにこいよ」と、ガブリエルは言った。

それがお世辞でないことぐらいわかっていたが、エディタがテレサに恨みを抱いていると聞かされていたので、テレサの手前、勝手には行けないだろうと思った。それでも、「うん、そのうち」

と、ガブリエルに答えていた。

自分がテレサとベンベをしようとしていたときに、なんとエディタはテレサだけでなく、なんらかの理由で(おそらくお金が絡んでいるはずだった)、義妹のセリアにも恨みを募らせていたのだった。


テレサが台所の戸口からこちらに手を振った。ガブリエルがその場を去ってから、僕はお腹が膨れたメルセデスと一緒に、若者たちの歌を聴いていたのだった。とっくに憑依儀礼としてのベンベは終わっていた。

前日の朝から準備を始めて、すでに丸一日たっていた。雨模様のなか、マラブの森でおこなったエレグアのためのベンベで、ロドリゴに雄鶏で厄祓いをしてもらったことが遠い昔のことのように感じられた。

マミータが小さなコンロから離れず一日中煮炊きをしてくれたように、長時間にわたるベンベのために、誰もがボランティアで助けてくれた。フリアが鶏の首を絞めてから熱湯の入った盥《たらい》のなかに入れて羽をむしったり、エレグアに捧げるベンベのために手際よく森のなかに祭壇を作ったり、踊っていて白目を剥いて神がかりになったりしたことも、脳裏に強く焼きつけられた。塀の上からこちらの側に飛び降りてしまった間抜けな白いニワトリのことも。

「疲れているんじゃないの? みなが帰ったら、少し休ませてあげるわ。でも、このフィエスタは当分、続くでしょうけど」と、テレサが苦笑まじりに言った。

「ありがとう。うまく行ったね。君のおかげだよ」

「ようやくわかってくれたわね。準備が大変だったんだから」

こんなときに謙遜する日本人とちがって、キューバの女性は自分の気持ちを率直に表現した。もちろん、嘘をつくこともあるだろうけど、友達として付き合うかぎり、喜怒哀楽がはっきりしているので、付き合いやすかった。

「ごめん、今頃になってわかったよ。ベンベを主催することがいかに大変なことかが」

「こちらこそありがとう。最初は叔父に頼まなければよかったと思っていたけど、いまじゃ、あたしもベンベをしてよかったと思っているのよ」

なぜテレサが感謝するのか、よくわからなかった。

だが、このベンベはある覚悟を自分に与えてくれた。

この先、キューバのアフロ信仰を対象にほそぼそと論文を書いていくことはできるだろう。だからといって、それが自分の人生でどういう意味を持つのだろうか。

いつまでもハバナの代父の「カバン持ち」を続けていても仕方がない。その先に何が待っているのかわからないけど、いつか遠からぬうちに、自分も代父に頼んでババラウォになる修行をしよう。

庭から台所に行き、メルセデスにもらったハイビスカスの花を水の入ったグラスのなかに入れると、居間に向かった。鮮やかな青の地に白波が揺れるドレスを身につけた、愛くるしい目をした黒人人形が、居間の隅に堂々と鎮座していた。テレサがすでにすでに庭の祭壇からこちらに移していたのだった。グラスに入ったハイビスカスを〈アフリカの女王〉にお供えした。

僕は久しぶりにサンティアゴを訪れた。あの昼と夜のベンベの日から、すでに三年がたっていた。着いた翌日に、祈祷師のロドリゴに会いにいった。

サンティアゴの中心街からマリア・デ・グラハデスの記念像まで〈モト〉に乗らないで、歩いていった。途中で、あの〈ブルヘリア通り〉に寄ってみたかったからだ。

かつてそこに小さな露店を出していたレイナルド少年と姉には会えなかった。観光に力を入れる市当局が雑然とした街並みを嫌い、小さなキヨスクが立ち並ぶ清潔な通りへと整備したようだった。それによって市場としての活気は失われ、何の面白味もない、ごくありふれたこぎれいな街並みになっただけだった。レイナルド少年の店は、そうした観光化の波に呑みこまれてしまったのだろうか。

僕は早々に〈ブルヘリア通り〉を後にして、ロドリゴの家に向かった。

家のなかでは、ロサによって祭壇の飾りつけがおこなわれていた。

近々《ちかぢか》、厄祓いの儀式があるようだった。ロドリゴはエル・コブレの山に薬草類を取りにいって留守だった。

ロドリゴの姉にあたり、テレサの母でもあるフリアの消息も気になっていた。

ロサはフリアについて衝撃的なニュースを告げた。

なんと、僕が不在のあいだにフリアは亡くなってしまったのだという。

フリアはカリスマ的な祈祷師だった。山のベンベで目を白黒させて神がかりになった姿は忘れられなかった。自分を叱ってくれたあの恫喝の声も。

ロサの話によれば、フリアは高血圧に悩まされていたという。あるとき、エル・コブレ病院の近くの公園でベンベがあった。テレサがエレグアの踊りを踊ったらしかった。そうこうするうちに、エレグアがテレサに憑依した。それを最前列で見ていた母は、気分が高揚した。自分の守護霊がエレグアだったからだ。感極まった様子で椅子からジャンプするように立ちあがった。

すると、一気に血圧が上昇して、フリアはその場で倒れた。すぐに大柄のマリベラが母を抱えて病院に運んだ。

「フリアは体調がよくなかったから、お酒は飲んでなかったわ」と、ロサは僕の質問を先取りするかのように言った。

ロドリゴは姉の急死に驚き悲嘆に暮れて、しばらくエル・コブレを訪れることもできなかった。

テレサにとっても母親を失った悲しみは大きかったが、母が自分の守護霊に見守られて亡くなったことに、せめてもの慰めを見いだしたらしかった。

僕は、マラブの森でおこなったエレグアのためのベンベ以来しばらくサンティアゴにもエル・コブレにも足を運ばなかった。ハバナの代父のもとで、野外調査の真似事をしていた。同僚にも妻にも誇れるような成果は出していなかった。エディタがココナッツ占いで予言したように、出版物は三冊どころか一冊も出せていなかった。サンテリアの入門の儀式はしてもらったものの、そのまま弟子としてアフロ信仰の表層をなぞっているだけだった。人に読んでもらえるような本など書けるわけがなかった。

だが、ベンベをしたあと、ある覚醒があった。研究のための調査などやめて、ババラウォの修行をしたほうがよいのではないか。研究者などという、世間向けのもっともらしい鎧《よろい》など脱ぎ捨てて、一介の僧になったらどうなのか、と。

アフロ信仰で言えば、それについての論文を書くのではなく、困っている人の役に立つことのほうが、優先順位が先ではないのか。

そう感じたものの、いくつかの難関があった。ひとつは、通常、ババラウォになるには、その前に〈サンテロ〉という、薬草に詳しい司祭になる修行を一年間しなければならなかった。その後に、ババラウォになる修行をするのである。

もうひとつの難関は資金だった。一週間にわたるババラウォになる修行には、大勢のババラウォに参加してもらい、たくさんの動物の生贄を捧げなければならなかった。代父は正確な金額を言うのは控えたが、多額の資金を用意しなければならないようだった。

それと、もうひとつは時間の調整だった。こちらがハバナに滞在している間に、すべての調整を代父はおこなわねばならなかった。それはベンベをやるより、著しく手間暇がかかるのだった。

ロドリゴの家を訪ねたあと、僕は四丁目から乗合タクシーに乗って、エル・コブレのテレサの家をめざした。

午後遅く仕事から戻ると、家にロベルトの姿があった。彼に会うのはなんと三年ぶりだった。メルセデスの産んだ子がすでに二歳半になっていたから。あたしは四十すぎでおばあちゃんと呼ばれ、三世代が同じ屋根の下で暮らしていた。でも、それはキューバでは珍しいことでなかった。

ロベルトは、まるで子犬がちょっと近所に冒険にいっていましたと母犬に甘えるかのように、照れた笑顔を見せた。

あたしは嬉しさのあまり、抱きつきたくなった。でも、一方で恨めしい気持ちがなくはなかった。あたしたちは信念を共にする同志だと思っていたから、もっと早く来て助けてくれればよかったのに、と思っていた。

ロベルトはキューバ人が単純だと思い込んでいるふしがあった。明るくて、あっけらかんとしている、と。でも、いまのあたしはそんなに単純ではなかった。

ロベルトがハバナで何をしているのか、わからなかった。ふたりでおこなったベンベのあと、サンテリアの通過儀礼をして、代父のもとで野外調査をしているはずだった。

それでも、嫉妬というか不満を覚えるあたしがいた。どうすることもできないけど、どうしてサンティアゴのほうに来てくれないのだろうか、と思っていた。叔父は「どうせハバナに女ができたんだろう」と、あたしに意地悪を言った。

でも、女遊びなどしているはずがなかった。サンティアゴにいるときも、叔父の家で儀式を見たりアフロ宗教博物館に行ったり、マリから儀式の歌の聞き取り調査をしたりして、一日も無駄にしたりしなかったから。

ロベルトはあたしが淹れたエスプレッソを受け取ると、「フリアの生まれ代わりだね」と、言った。確かに、くりくりしてかわいい目といい、巻き毛のふさふさした黒髪といい、マリアはあたしの母にそっくりだった。

ロベルトは、大きな袋からマリアへのお土産を取りだして言った。「赤ちゃんが男の子か女の子かわからなかったけど。女の子でよかった」と。

白いフリルのついた靴下三足と花柄のワンピースだった。どちらも二歳児には大きかったけど、それは縫い直せばよかった。こんな手のこんだ靴下やワンピースなど、キューバでは売っていなかった。

メルセデスへのお土産は、ステキな花柄のピンクのTシャツとソニーの小型MP3プレーヤーだった。あたしには、黒いTシャツと、秋もののアディダスの白いジャージだった。

あたしもメルセデスも、久しぶりにベンベに参加しているみたいに明るい気分になっていた。

ロベルトが、ふと何かを思い出したように真顔になって、「フリアが亡くなったって、ロサから聞いて驚いたよ。大変だったね」と、いたわりの言葉をかけてくれた。

確かに母親の急死は精神的にこたえた。でも、毎日、慌ただしくマリアの面倒を見ることで、あたしの気はまぎれた。貧困のなかで、感傷にひたっている暇などなかった。

あたしは、墓地に行ってみない？　とロベルトを誘った。

母の眠る墓地までさえぎるものが何もない荒地を歩くうち、風が強くロベルトの帽子が吹き飛ばされそうになった。墓場の入口を護る精霊オヤの機嫌が悪かったのかもしれなかった。

雲ひとつない上空には、まるでふたりを見張っているかのように、こちらで〈ガルサ〉と呼ばれる白い鳥が飛んでいた。

前かがみに歩きながら、ロベルトはホルヘに仲立ちしてもらって初めて見たベンベでビデオ映像を撮ったことで母に恫喝《どうかつ》されたことや、母がマラブの森でのベンベで神がかりの状態になったことや、あたしの庭で鶏の羽根を手際よくむしっていたことなどを話した。それらはたった三、四年前の出来事だった。

墓地まで二十分ぐらいだった。ここらではすべて土葬だった。まるで動きの鈍いマナティみたいに膨らんだ盛り土がいくつも並んでいた。

母の墓は入口からいちばん遠い端にあった。ロベルトと一緒に盛り土の上から萎《しお》れた花や枯れ葉を取りのぞき、水を撒《ま》き、持参した花や薬草を飾った。

テルシオ・ペロスともアルバカ・ペロスとも呼ばれるキンセンカのような花、人間の血を思わせる赤いバラの花、ジャスミンの白い花や緑の葉などを盛り土の上に散らした。それから、強風のなかで苦労しながらロウソクと線香に火を点けて、母の冥福を一緒に祈った。

墓地から戻ってくるときに、東の空に大きく丸い満月が浮かんでいた。

ロベルトがハバナでの出来事を打ち明けた。サンティアゴに来る前に、ハバナの代父のところに寄って、ババラウォの修行したいと相談した、と。

「代父がサンテロになる修行をしなくてもババラウォになれる例外がある。守護霊がエレグアの者は、そのルートを飛ばすことができると、言ったんだ。

資金は用意してきたけど、想像していたよりもずっと高額だった。半分諦めかけたけど、代父がハバナ旧市街で民泊を経営している弟子のマヌエルに相談してくれ、不足分を立替てくれるように取り計らってくれた。だから僕がこちらに滞在している間に、代父はババラウォたちの手配や、生贄にする動物の手配、その他、さまざまな儀式の道具類を手に入れたり懸命に動きまわってくれているはずだよ」

ロベルトが小学生みたいなスペイン語でまるで母親に報告するかのように嬉しそうにそう言った。それからあたしの肩に腕をまわした。あたしたちはまるでつがいの野鳩のように並んで歩いた。ロベルトがあたしに〈イェマヤーの歌〉を歌ってくれるように頼んだ。

イェマヤーは月　海の女王

あなたは　人々の苦難を　母よ　とりのぞいてくれる
あなたは　人々の苦難を　母よ　とりのぞいてくれる

あたしは嗄《しわが》れ声で歌った。マリみたいに上手ではなかった。どちらかといえば、音痴だった。それでも、ロベルトはあたしの歌を気に入ってくれた。海の精霊はあたしの守護霊で、あたしの歌声には「スピリチュアルなエネルギーがこもっている」と、ロベルトは言った。

ロベルトも〈イェマヤーの歌〉を歌った。満月を見ながら歌っているうちに、ロベルトはあたしを抱きしめたい気持ちになったようだった。でも、あたしが近隣の目を気にするので、ロベルトは自重した。

あたしは真顔で言った。

「この先きっとあなたは〈アフリカの女王〉に見守ってもらえるわ。ババラウォになって弱い人々の苦難をとりのぞくのよ」

「そんな大それたことなど、できそうにないよ」と、ロベルトが言った。「これまで、我がまま放題に生きてきたのだから」

あたしは追い打ちをかけるように「そうなる運命なのよ！」と、語気を強めて言った。「あなたはもう立派な〈逃亡奴隷《シマロン》〉よ。あたしたちと同じ魂《こころ》を持っているのだから」

ロベルトはまだ母のほかに彼がかかわったふたりの女性のブルヘリアが亡くなったことを知らな

ついはずだった。母が亡くなる半年ほど前に、フリアとエディタも相ついで謎の死を遂げていたのだった。あたしはあとでロベルトに話してあげるつもりだった。

「〈逃亡奴隷〉のババラウォって、無敵よね」と、あたしはロベルトの腕を取って、まるで強力なウイルスを退治する秘伝を伝授するかのようにそっと打ち明けた。

「あたしも〈逃亡奴隷〉のブルヘリアになったのよ」

ロベルトはまるで水槽のなかの色鮮やかな熱帯魚みたいに、顔を輝かせてあたしを見た。

精霊のいる風景——ハバナ

主な登場人物

僕　四十代後半の日本人。文化人類学者。〝ロベルト〟という愛称を使う。
エレーナ　キューバの白人（スペイン系）女性。国立コーラス団の団長。
代父《パドリーノ》　黒人信仰〈サンテリア〉の司祭《ババラウォ》。僕のために〈通過儀礼《イニシエーション》〉をおこなう。
ラサロ・アライン　代父の異母兄弟。黒人司祭。
サンチェス　代父の息子。黒人司祭。
エドゥワルド　代父の父。黒人司祭。
プーピー　代父の弟子。黒人司祭。
マリア　宿の女将《おかみ》。白人の女性司祭《サンテラ》。
ローラ　マリアの宿にやってくる純朴な混血《ムラータ》女性。
グアヒロ　ローラの夫。グアンタナモ出身の純朴な混血《ムラート》男性。
イサベラ　エレーナの娘。ハバナ大学に通う白人の大学生。
アルマンド　イサベラの恋人。混血《ムラート》男性。

たのしいな　たのしいな
おばけは死なない
――水木しげる『ゲゲゲの鬼太郎』の歌

精霊のなかには、ほとんどあなたがた人間と同じ外見をしていながら
あなたがたの前にはめったに姿をあらわさない精霊がいます。
――フケー『水の精《ウンディーネ》』

1

ペットボトルに入った緑色のねっとりした液体を体に浴びせていると、エレーナがいきなりシャワーカーテンを開けた。

僕は呆気《あっけ》にとられた。

エレーナは、まるで無防備な獲物を襲う鰐みたいに、狭い空間に侵入してきた。バスタオルで被った豊満な肉体を見た。キューバの中年女性の例にもれず、腹が膨れていた。タオルの上からでも、体がずんどうなのがわかった。

寝室の壁に貼ってある十年くらい前のエレーナの写真は痩せていた。男好きする顔だったが、本や書類を読むときは、べっ甲ぶちの眼鏡をかけて、知的な顔つきになった。

以前、あるアルゼンチン映画を見たことがあったが、写真のなかのエレーナの顔は、ソレダ・ビジャミルという主演女優にそっくりだった。

エレーナは、有無を言わさずウォッシュタオルをこちらの手から奪うと、後ろを向くように言った。僕は物わかりのよすぎる飼い犬みたいに、黙ってそれに従った。

エレーナは左手に持ったペットボトルから、ぬめる緑色の液体を僕の肩に垂らした。それから、右手に持ったウォッシュタオルで、まるで壁にセメントを塗りたくるみたいに痩せて貧弱な背中を腰あたりまでをこすった。

エレーナは僕に前を向くように指示し、ねっとりした緑色の液体を満遍《まんべん》なく胸のあたり垂らして、同じようにウォッシュタオルで洗った。それから片足をあげるように顎でしめすと、太ももに液体を垂らして、ハンドタオルで擦りつけた。

洗っているあいだ、エレーナは、けらけらと嗤《わら》っていた。

エレーナは片足ずつ洗い終えると、あとは水で流すように言い、まるで何ごともなかったかのようにシャワー室から出ていった。

その日朝早く、ハバナのベダード地区のX番通りの家を訪ねると、エレーナが庭先で作業をしていたのだった。一九五九年の革命以前、ベダード地区は高級住宅地だった。いまでも敷地のまわりを金網フェンスで囲んだ一軒家が多かった。高さが二メートル近くもあるフェンスだけでなく、ゲートには防犯対策の頑丈な錠前がついていた。

フェンスには鮮やかな赤紫色のブーゲンビリアの花や緑色の蔓《つる》が絡みついていた。ブーゲンビリアは、まるでキャバレー〈トロピカル〉の黒人ダンサーたちが頭につける派手な羽根飾りみたいに、通行人の目を奪った。一方、群がる青蛇みたいに自在に伸びている緑色の蔓は、目隠しと天然クーラーの役割を果たしていた。

エレーナの家は石造りの、天井の高い平屋の家だった。金網フェンスを抜けると、広い前庭とタイル張りのテラスがあり、テラスにはデッキチェアがおいてあった。そこで夕涼みしながら読書ができそうだった。

前庭には北米アリゾナの砂漠地帯にあるような大きなサボテンが植わっていた。直立した巨人がU字型に両腕をあげているような形をした〈サグアロ〉サボテンだった。もともとキューバにあるような代物ではないので、革命前に北米から輸入したものなのだろう。地上から三メールほどのてっぺんには、白とピンク色の可憐な花がいくつも咲いていた。サボテンの手前には、小さな打ち上げ花火みたいに環状の赤い花を咲かせた〈イソラ〉の木がそびえていた。

エレーナはフェンス越しに僕の顔を見つけると、植木鉢に土を入れ替えるのを手伝ってほしい、と言った。

エレーナは車寄せまで行くと、一九八〇年代末からつかっているというソ連製の自動車のトランクを開けた。ラダという車種だったが、エレーナは〈スサーナ〉とニックネームで呼んでいた。スシア（汚れている）だから、というのがそのニックネームの由来だと説明して、けらけらと嗤った。

その前に乗っていた車もソ連製だったが、そっちのニックネームは〈ナポレオン〉だった。

よくエンジン系統が故障して、わがままだったからよ。

エレーナはそうさりげなく言った。

思わず笑ってしまった。そして自動車に気の利いたニックネームをつけるエレーナの機知に魅了された。エレーナは、このようなジョークとも真剣ともつかぬことを初対面の人に披露して、これまでも笑いを引き出してきたに違いなかった。

〈スサーナ〉のトランクのなかを覗いてみると、粉塵《ふんじん》を吸い込んで真っ黒だった。パンクを修理するためのジャッキや予備のガソリンの入ったポリタンクのほかに大きな麻袋が入っていた。

数年前に、道路の下水溝の蓋が外れたところに右足を突っ込んで足首の骨を折ってしまったの。足首を切断して、そこにボルトを嵌《は》めこむ大手術をして、半年のあいだ松葉杖の生活だったのよ。いまもボルトは嵌めたままで、重たいものは持てなくて……。

エレーナは助太刀をしてもらいたい理由をそう述べた。

前年の冬に、トロントからハバナに向かう飛行機のなかで初めて会ったときに、エレーナは僕の隣の席にすわっていた。ハバナのホセ・マルティ国際空港に着陸する直前に、飛行機が気流のわるいところに突入してひんぱんに急降下した。そのたびにエレーナは悲鳴をあげていた。まるでジェットコースターに乗っているみたいに、怖いような楽しいような、無邪気な子どものような悲鳴だった。僕よりだいぶ年上の女性に見えたが、あとでほぼ同年齢だと知らされた。

僕は片手をエレーナの腕の上におき、大丈夫、心配いりませんよ、と下手なスペイン語で言った。なんの根拠もないのに、そう言ったのだった。

いまは理由《わけ》あって、ハバナではなくて、サンタフェという郊外の友人の家に寄せてもらっているの。

エレーナはすぐに打ち解けて、こちらが訊いてもいないことまで打ち明けた。

サンタフェの友人の家には小さな赤ん坊がいて、その代母《マドリーナ》になっていて……。

見ず知らずの自分に、そうした個人的な事情まで言わなくてもいいのに。

そう感じながらも、僕は黙って聴いていた。

コーラス団を率いていて、今回の旅は、カナダのコーラス団のための指導だったのよ。

エレーナはそう付け加えた。

それにしても、随分あけっぴろげだ。

僕はそういう印象を抱くとともに、共産圏のキューバの民間人が自由に外国に行けるという事実に驚いた。

外国からの正式の招待状さえあれば、ハバナにある各国の大使館でビザを発給してもらえるわ。時間はかかるけど、問題ない！　もちろん、招待者からの資金提供が前提条件だけど。キューバにはお金がないから。

そう言って、エレーナは嗤った。

実は、来年の夏にサルディーニャに行くわ。

僕はサルディーニャがどこにあるのか知らなかった。

地中海にあるイタリアの小島よ。まずマドリッドまで飛行機で行って、そこから貸し切りバスでローマに向かい、そこで小型飛行機に乗り継いでサルディーニャ島に行くのよ。長旅だね。

ええ、そうよ。とっても。でも、あなたはどこから？

僕？　日本だよ。サンティアゴ・デ・クーバに行くんだ。

それじゃ、エドゥワルド・ロカっていう、キューバの現代画家を知ってるかしら？　ロカとは同じ国立の高等芸術学院《インスティツト・スペリオル・デ・アルテ》（通称ＩＳＡ）に通った仲よ。サンティアゴ・デ・クーバ出身で、肌の色が黒いから〈チョコ〉という愛称で呼ばれてるわ。

サイダ・デル・リオっていう女性画家も同級生で、アフロ信仰の〈海の精霊〉をよく絵のモチーフにつかっているわよ。

それから、ネルソン・ドミンゲスっていう画家も知り合いよ。

僕はエレーナの口からまるで山奥の湧き水みたいに次から次へと出てくる画家たちの名前をノートに書き込んだ。

明日の午後三時に、合同練習することになっているから見にこない？　この人たちも来るし……。

エレーナはそう言って、後ろの座席にいる大柄のカナダ人たちを指さした。

後ろを振り返って挨拶をすると、カナダ人たちは愛想笑いをして、ナイス・トゥ・ミーチュー！と応じた。

エレーナに言われたとおりに、金庫みたいにずっしりと重たい陶器の植木鉢をふたつテラスから車寄せまで運んだ。植木鉢を幼児みたいに両膝に抱えたまま斜めに傾け、植わっているシダの本体と土の塊とをコンクリートの上にゆっくり落とした。シダと土の塊は、腹を切り裂かれた山羊の内臓のようにぬっと鉢の外に出てきた。三つ目の植木鉢は空っぽだった。僕は空っぽの鉢のなかに麻袋に入った新しい砂を半分ほど流し込んだ。

エレーナは、僕がコンクリートの上に落としたシダを手にすると、まるで悪性腫瘍を取りのぞく外科医のように、てきぱきと根から土の塊を引き離した。それから、外の水道の蛇口まで持っていくと、まるで料理につかう野菜みたいに、根についた泥を丁寧に水で洗い落とした。

空っぽになったそのほかのふたつの植木鉢にも、僕は麻袋のなかの土を半分ほど流し込んだ。そこにエレーナが大きなペットボトルに入った濁った緑色の液体をかけた。

僕はそれが何なのかを訊いた。

〈オパラルド〉よ。

そう素っ気なく応えた。

エレーナが三つの鉢にシダを植え替えたあと、僕はそれらの鉢に麻袋のなかに残っていた土を足した。それから、車寄せに投げだしてあった土の塊を空になった麻袋のなかにシャベルで入れた。それが済むと、麻袋を車寄せの奥のほうに持っていき、何本か植っているバナナの木の根もとに中身を放った。シダの植え替え作業を終えると、外の水道で手を洗った。

家のなかに入ると、エレーナが冷蔵庫から冷たい水をグラスに入れてもってきた。シャワーを浴びたいと言うと、エレーナはさきほど庭でつかっていた緑色の液体が入ったペットボトルをもう一本持ってきた。

僕は数カ月前におこなった〈サンテリア〉の通過儀礼《イニシエーション》のときの薬草水を思い出した。ババラウォと呼ばれる司祭たちが二十種類以上の薬草で作った〈オミエロ〉と呼ばれる薬草水だった。

三日間おこなう通過儀礼の最中に体を洗いきよめたり、飲んで体内をきれいにしたりするためだよ！

代父《パドリーノ》になってくれた黒人司祭は、小学一年生に算数を教える先生みたいな優しい口調で説明した。そのほかにも、子どもが重病になったとき、子どもに乗りうつった〈アビク〉という悪霊を追い払うために〈オミエロ〉を子どもの体にこすりつけたりもするんだ。

代父はそう付け加えたのだった。

エレーナが緑色の濁った液体で清めてくれた体のぬめりを、冷たいシャワーできれいに流し落とした。そのとき僕は必ずしもエレーナが熱心におこなっている厄祓いの効果を信じているわけではなかった。それでも、汗をかいたあとで、体をオーガニックな薬草水で洗うと、すがすがしい気分になった。

バスタオルを手に取り、ふとバスルームの高い窓枠のほうに目をやった。

すると、白壁に沿って一本の灰色の影が走った。

すぐに洗面所に置いた眼鏡をかけて、もう一度そちらを見てみると、それは背中が緑色をしたトカゲだった。腹から足にかけては、枯れ葉のような土色のまだら模様をしていた。

2

緑色のトカゲは、まるで敵の部隊の動きを探るために放たれた斥候《せっこう》みたいに、すばしこくシャワールームの窓枠から姿を消した。

バスタオルで体を拭くと、エレーナが用意してくれた洗いざらしの黒いTシャツを着た。ベッドの端に腰を下ろすと、エレーナは入れ替わりに、頭にバスタオルを巻いて、シャワールームに入っていった。後ろからその裸体を見ると、まるで鰐が直立して、上を向いているようだった。

ベッドの前にはガラス扉の書棚があり、そのなかには音楽のCDがびっしり並べられていた。まるで牛肉の冷凍ステーキが一枚ずつパックになって、きちんと並べられているかのようだった。

CDジャケットの背に書かれた文字を見てみると、バッハ、モーツァルト、ブラームスなど、クラシック音楽の作曲家たちの名前が並んでいた。

ふとペレス・プラードという活字が目に飛び込んできた。それを見て、僕は友人のセルヒオのアトリエを思い出した。セルヒオがペレス・プラード楽団の貴重なLPレコードを持っていたからだった。

まだ〈サンテリア〉や〈パロ・モンテ〉といったアフロ信仰はもちろん、キューバのことも念頭になかった十数年以上も前のことだった。

セルヒオは、ババカリフォルニア州エンセナーダ出身のメキシコ人だったが、ロサンジェルスのダウンタウンに近いエコパーク地区に住んでいた。十代後半でロサンジェルスの美術学校に留学し、卒業後もずっとアメリカに留まっていた。人間の頭部をモチーフにしたシュールな絵を描いたり、友人や知人のパーティでＤＪをしたりして、ボヘミアンのような生活を送っていた。高速道路網の発達したこの都市で、あえて車を持たずに不便な暮らしをしていた。

ロサンジェルスに行くときは必ずセルヒオの小さなアトリエに寄ることにしていた。あるとき、セルヒオがまるで金庫のなかから金塊をそっと取り出すみたいに、慎重に箱のなかから一枚のＬＰレコードを抜き取った。

キューバのペレス・プラード楽団だよ。

セルヒオが自慢の息子を紹介するみたいに、誇らしげにアルバムのジャケットを差し出した。初めて聞く名前だった。

ペレス・プラードといえば、なんていっても〈マンボ〉というダンス曲が有名なんだ。

セルヒオがレコードの上に針を落とすと、いきなり金管楽器がまるで打楽器のように強烈なパンチの効いたリズムを刻んだ。

プラード楽団の十八番《おはこ》である『マンボ　ナンバー5』のイントロが鳴り響いた。

体がひとりでに動きだすような軽快なリズムだった。ダンス曲といっても、艶《なまめ》かしく男女で絡みあうためではなく、ボクシングみたいに激しく体を動かすのに適しているかのような、激しいリズムだった。
プラード楽団は一九四〇年代から五〇年代にかけて、アメリカやメキシコ、いや世界中でマンボブームを巻き起こしたんだぜ。
セルヒオがまるで何も知らない幼児に説いて聞かせるかのように、優しく付け加えた。

ジャジャッ　ジャジャッジャジャ　ジャッジャジャ
（バンマスのかけ声）ウー！
パッパパラパ　パッパパパラパ　パッパパパラパ　パッパパパラパ……

あとで調べてわかったことだが、プラード楽団は、一九五六年に日本にもきていた。そんな世界的なマンボブームに乗って、日本でも〈昭和の歌姫〉こと美空ひばりがマンボに挑戦していた。『お祭りマンボ』という曲だった。
発売されたのは、僕の生まれた一九五二年のことだった。当時、ひばりは弱冠十四歳だった。

景気をつけろ　塩まいておくれ
ワッショイ　ワッショイ　ワッショイ　ワッショイ
ソーレ　ソレソレ　お祭りだ

海外の流行に乗っかったものとはいえ、いま聞いても、マンボのリズムと日本の祭りの掛け声との組み合わせが絶妙だった。

当時、日本は今のキューバと同じように、物質的に豊かとは言えなかった。実家の風呂はマキを焚いてお湯を沸かしていた。子どもたちは、ビタミン不足を補うために肝油ドロップを飲まされた。夏に少年たちが着るものも、いまは気取ってタンクトップと呼ばれているが、昔はランニングと呼ばれた下着だった。

小学校では、低学年のとき、シラミ対策としてアメリカからもたらされた粉状の殺虫剤ＤＤＴを頭髪に振りかけられた。人体に悪影響があると後でわかり、噴霧はすぐに中止になった。文明の恩恵にあずかったつもりが、とんでもない代物だった。

家に白黒のテレビがやってきたのは小学四年生の頃、最初の東京オリンピックの二年前のことだった。日本社会は、急速なスピードで明るくなっていった。

そんな時代に異色のヴォードヴィリアンのトニー谷が登場した。片手にそろばんを持ってリズムを刻みながら、まっしぐらに明るい社会へと突き進む日本を、皮肉をこめて笑いのめすマンボを歌った。

Ladies and gentlemen, and おとっつあん　おっかさん
Good Afternoon　おこんにちは

Good Evening　おこんばんは

I am No.1 butterfly boy!　Too much 蝶々さん

（「さいざんすマンボ（家庭の事情）」）

トニー谷はチョビヒゲをつけて、〈カタコト英語〉をつかい、わざと〈あいのこ〉の仮面をかぶった。〈あいのこ〉とは、進駐軍の米兵と日本人の娼婦のあいだに生まれた混血児を蔑《さげす》む名称だった。トニー谷は、あえて庶民に蔑《さげす》まれる〈あいのこ〉の立場に身をおいて、そこから毒のある話芸や歌で庶民の笑いを誘った。

トニー谷のブラックユーモアに負けない、もうひとりの天才詩人が当時の日本にはいた。いまも僕の頭に鮮明に刻まれているその響き、その明るさ、その軽さ。

てなこと　言われてその気になって……。

ゆったりとして哀切な、夜のバラード調で始まった曲が、いつしか軽快でアップテンポな昼のリズムに変わる。唖然《あぜん》とするようなジェットコースター的な転調と、そこから一気に炸裂するブラックユーモアに、小学生の僕は、まるで蕁麻疹《じんましん》の予防接種を受けていない子どもみたいにコロリと感染してしまったのだった。

それは小遣いをためて初めて買ったビニール製のソノラマシートだった。歌っているのは植木等というコメディアンで、歌詞を書いたのは青島幸男だった。

あなただけが　生き甲斐なの
おねがい　おねがい
捨てないで

てなこと言われて　その気になって
（中略）
貢《みつ》いだあげくが
ハイ　それまでョ～
（「ハイ　それまでョ～」）

この曲が発売された年に、僕はちょうど十歳になっていた。多少とも大人のギャグがわかるようになってきた年頃だった。植木と青島の歌は、そのどれもが「酔っぱらい」「不良社員」「ほら吹き」「遊び人」など、堅実な日本人が眉を顰《ひそ》める、ダメ人間のゆるい生き方を謳歌《おうか》していた。経済的な豊かさが幸福をもたらすという、庶民の夢をあざ笑うかのように。

エレーナが濡れた髪をバスタオルで拭きながらやってきた。レースのカーテンのように薄いキャミソールしか身につけていなかった。大きな乳房が丸見えだった。目の前に熟れたマンゴの実がなっているのを見せつけられたかのように、それに触れてみたいという欲望が頭をもたげた。だが、きびしく躾《しつ》けられた警察犬みたいに、そんな素振はちっとも見せなかった。

自分の本能に正直になるだけの勇気がなかったのだ。

エレーナによれば、先週末に悪いことが重なったらしい。

持病の喘息はひどくなるし、娘ふたりにも異変があったのよ。長女のイサベルは、夜中に低血圧になって、血圧が五、六十まで落ちて、車で病院に連れていかなきゃならなかったし……。次女も持病の頭痛と腕痛がぶり返して。それで、今週、代父《パドリーノ》のところへ相談に行ったのよ。庭のあたりで異臭がして、イサベルは気分が悪いっていっていうし……。

エレーナは、まるで敷地に忍び込んできた泥棒を見つけた番犬みたいに、何かへの敵意をあらわにして一気にまくしたてた。

それにしても、白人のエレーナが〈サンテリア〉の信者だったとは、驚きだった。彼女のかかりつけの黒人司祭は、同じベダード地区にいるらしかった。

僕は獲物に食らいつくハイエナみたいに、貪欲に訊いてみた。

で、代父は何て?

たぶんミゲールが鉢植えに呪術師《パレロ》の毒を仕込んだんじゃないかって。

エレーナとミゲールは、前年に二十年間にわたる結婚生活に終止符を打っていた。すでに法的な離婚の手続きも済んでいた。だが、ここの邸宅は共有財産で、元夫は法的な持ち主のひとりとなっていた。元夫は別の家に住んでいたが、いまでも元夫の寝室には所有物がおいてあった。鉄のゲートや玄関の鍵を持っていて、好きなときに出入りできた。

毒って何？

動物の死体の血か何かよ。

代父は、どうしろって？

異臭のする鉢の植木は捨てるようにって。そのほかの植木鉢も土を入れ替えて、〈オパラルド〉を振りかけて、それで呪いを祓《はら》えって。

なんでまた、自分の娘にまで、呪いをかけようとするんだろう？

そこが陰険なところなのよ、あの人の。娘たちが自分の言うことを聞かないから、苛立《いらだ》っているのよ。家のなかでイサベルを殴ったから、警察を呼んだこともあるわ。

エレーナは理不尽な暴力に怒りがおさまらない被害者みたいに、元夫の罪状を訴えた。

家庭内暴力で、逮捕されなかったの？

キューバは家庭内の暴力に甘すぎるし、警察は何もしてくれない。男が妻に対して暴力をふるっても、夫婦間のトラブルとしか見られない。娘の前で、素っ裸になるような破廉恥なことまでするのよ。

そういえば、元夫の寝室のドアには、通常の錠のほかに頑丈な蝶番《ちょうつがい》の錠が取り付けてあった。それには、家族であろうと、誰も信用しない！　という意思がうかがえた。

エレーナのあまりの剣幕に閉口して、僕は茶化すように言った。

よっぽど自分のモノに自信があるんだな。

ただのバカよ！

エレーナは軽口をたたいた僕にも冷や水を浴びせるかのように、ピシャリといった。

彼女は白人だし、カトリック教会の司祭たちにも信頼が篤《あつ》かった。それなのに、黒人信仰にも頼っているということなのだろうか。

もちろん、〈サンテリア〉の代父のことは、カトリックの司祭には秘密よ。もちろん、母にもね。ばりばりの科学者だから。宗教は一切信じないし……。

エレーナは独り言のようにそう呟《つぶや》いた。

そのとき僕は代母《マドリーナ》が作ってくれたブレスレットを左腕にはめていた。緑色と黄色のビーズを交互に組み合わせた、ルクミ語で〈イデ〉と呼ばれるものだった。〈サンテリア〉の信者の証だった。

エレーナは手提げ鞄の奥のほうから布の小袋を取りだした。なかから出てきたのは、〈サンテリア〉で恋愛や黄金をつかさどる精霊オチュンの黄色い首飾りだった。

最近では、白人のなかにも、こっそりと黒人司祭に人生相談する者が増えている、と僕は代父から聞かされていた。

エレーナは、この首飾りを母に見せたことがない、と言った。

母はハバナ大学の薬学部で勉強して、その後、生化学《バイオケミストリー》に転向して、一九五九年の革命のときはちょうど三十歳だった。大学でずっと教えてきたのよ。

革命の信者なんだね。

そうよ。カストロの革命のおかげで、女性の進出があったわけだから。

エレーナの立場は微妙だった。母親みたいに熱心に革命政府を信奉しているわけではないし、かといって、同世代の何人かの友人のように、外国に亡命したがっているふうでもなかった。

〈サンテリア〉の教えのなかに「山羊は常に山をめざす」という格言があるわ。人の性格や素性はそう簡単に変えられないということの喩えだと思うの。亡命したからといって、人間が変わるわけじゃないし……。

エレーナはそう言い残して、髪をドライヤーで乾かすために、洗面所のほうへ歩いていった。

陽気で快活なエレーナのような性格ならば、きっとどこの国でもやって行けるだろう。彼女によれば、亡命したキューバ人の友達にかぎらず、言葉が何不自由なく通じるスペイン以外にも、ポルトガルやイタリア、ドイツ、カナダなどに外国人の友達が大勢いるらしかった。とはいえ、いったん亡命すれば、一生帰国できないかもしれない。帰国できなければ、母や娘たちをはじめとする家族との絆がなくなってしまう。だから、今のところは出国手続きに手間がかかっても、招待されて海外に行くほうが気が楽だ、というのが彼女の考えだった。

髪を乾かしたエレーナが部屋に戻ってきた。

僕は棚のなかにあったプラード楽団のＣＤを取りだして、エレーナにかけてくれるように頼んだ。管楽器と太鼓が刻むマンボのリズムが部屋中に鳴り響いた。

バンマスが「ウー！」と掛け声をかけた。ふたりは、どちらともなく縺《もつ》れ合って一緒にベッドの上に倒れこんだ。くちばしを突きだして花の蜜を吸うハチドリのように、互いに口を突きだして。すぐにエレーナが体勢を入れ換えて、鰐みたいに貪欲に僕自身を咥えこんだ。一方、こちらは夢中でエレーナの湿地地帯を探索していた。

3

ハバナでは〈カサ・パルティクラル〉と呼ばれる民家に泊まっていた。日本風に言えば、部屋貸しの、いわゆる「民泊」だった。国会議事堂から歩いて五分もかからない、セントロ地区の〈友情通《アミスタード》り〉に面したところにあった。

戦後まもない日本を思わせるかのように、道路はあちこち穴ぼこだらけだった。まるでごみ捨て場を歩いているみたいに、靴がすぐ埃で汚れてしまった。

明け方には、どころからともなく雄鶏《おんどり》の鳴き声が聞こえてきた。ベッドでまどろんでいると、まるで昭和時代の日本のどこかの農村にいるかのような錯覚を覚えた。

朝起きて、道路に面した三階のバルコニーに立ち、向かいの建物の屋上を見てみると、何羽かのニワトリたちがせわしなく歩きまわっていた。

マヨンベ　ボンベ　マヨンベ！
マヨンベ　ボンベ　マヨンベ！

屋上には、きのうまでなかった鶏小屋ができていた。中年の男が腰掛けにすわって雄鶏の毛繕《けづくろ》いをしていた。養鶏の経営を始めたらしかった。放し飼いになった鶏が数羽、餌を探して屋上をうろついていた。

数年前に、自営業にかんする法律が変更になった。政府は民間レベルでの小商いを大幅に容認したのだった。すると、大勢の人が政府の認可をもらおうと、まるでマングローヴの塩湖に群をなすフランミンゴみたいに、どっと役所に押し寄せた。

それまで共産主義政権下で禁じられていた、モノやサーヴィスを売って金を稼ぐという「資本主義」に誰もが感染してしまったかのようだった。殺風景だった民家の軒先が、羽根を広げた孔雀みたいに、いきなり華やぎ始めた。前庭のある家は、そこに手作りの棚を置いて、海賊版のCDやDVD、古本や古着を並べて売った。「カフェテリア」と称して、軒先で自家製のジュースやパンやサンドイッチやスパゲッティなどを販売する者もいた。なかには、路上にぼろぼろの靴をおいている豪傑がいた。

僕の代父の幼友達で、白人の庭師のトマは、週末になると、ハバナ湾のなかに潜っていた。正式な漁業ライセンスを購入して、特殊な銛で珍しい魚を捕まえていた。公園の手入れをする国家公務員としての月給は三千円たらずだが、巨大なマンタは、闇市で売れば、月給の十倍近くになるらしかった。

マンタというのは、胸鰭《むなびれ》を羽のように上下に揺らして悠然と泳ぐ、巨大なオニイトマキエイの別名なんだ。最大で全長七、八メートルはあってさ、海のなかで見たら、まるで巨大な天幕みたいだよ。

そう語るトマの顔は、まるで難しい芸をこなして、ご褒美の餌をもらったサーカスのクマみたいに、やけに得意げだった。

海中でマンタと遭遇したら、オレは思うわけさ。札束の入ったジュラルミン・ケースが近づいてきたぞって。

〈サンテリア〉では、海の精霊をイェマヤーと呼ぶ。イェマヤーのご機嫌がよければ、きっと大漁になるだろう。イェマヤーのご機嫌をよくするには、お供えを絶やさないことだ。その時々にどんなお供えが必要なのか、占いをしてアドバイスするのが、黒人司祭の仕事だった。

とはいえ、白人のトマが豊漁を願って、僕の代父にアドバイスをもらっている姿を見たことがなかった。トマは無神論者なのだろうか。

その代わりに、トマの恋人がよく代父のところにやってきた。バービーという名の、トマより二十歳も若い黒人娘だった。細身の体型に愛くるしい、ガラスのような澄んだ目が印象的だった。トマと一緒にいるときは、蛇が木の枝に絡みつくみたいにいつもトマの体に両手をまわして甘えていた。

バービーはセントロ地区の家で母親と一緒に暮らしていた。トマはマリアナオ地区にある自分の家を出て、彼女の家に居候していた。

代父のお伴をして、バービーの家に行ったことがあった。僕が代父のもとで「オルーラの手」と呼ばれる通過儀礼をして、代父と擬制の親子関係を結んだあとのことだった。あるとき代父がバービーにルクミ語で〈イボリ〉と呼ばれる儀式をほどこすところを観察させてもらった。それはスペイン語で〈ロガシオン・デ・カベサ（頭の洗浄）〉と呼ばれる、信者の頭のなかの穢れを祓《はら》ってあげる儀式だった。

バービーの家に着くと、すぐに代父はココナッツの実を金槌とナイフで割って、なかの果汁を捨て去り、小さな三角形のかけらを八つ作った。そのうちの四つは〈オビ占い〉に取っておき、残りの四つは外殻をはがし、白いココナッツの果実を大根おろしのような道具で擦りおろした。

擦りおろしたものを団子状にして、そこに天竺鼠《フティア》の粉や魚粉、煎ったトウモロコシの粉、ハチミツやカスカリーヤ（卵の殻の粉）やカカオ脂などを加え、楕円形の練り物にした。大皿に載ったものを見ると、サイズも形も、串をさしていない五平餅みたいだった。

通常、お祓いは修行を積んだ司祭がおこなうことになっていた。しかも、お祓いをする人とされる人との間には、信頼関係がないといけなかった。

さもないと、代父によれば、お祓いを受ける人がこの宇宙の負の波動を受けて、病気や事故、最悪の場合には、死など様々な災難に巻き込まれることになるからだった。

僕は何度かバービーの家で〈洗浄《ロガシオン》〉を見せてもらった。「五平餅」に魚の血を垂らす厄祓いもあった。

お祓いが終わって、頭を三角巾で覆ったバービーは、まるで全身をマッサージしてもらったみたいに、スッキリした顔をしていた。

それとなく何が悩みだったのか訊いてみると、バービーはトマが他に女を作らないか心配だったの、と漏らした。

まさか！

トマはごつい体型だし、女にモテるような顔をしていない。しかも、バービーはこんなに若くて可愛いのに。

だが、そんな常識的な考えは、あっさり裏切られることになった。

後日、トマと一緒にマリアナオ地区からハバナ旧市街《ビエハ》まで市バスに乗る機会があった。バスはいつものように身動きとれないほどの超満員だった。汗でびっしょりなので、なるべく窓の近くに立とうとした。開け放たれた窓から風が吹き込んでくるからだった。トマはといえば、わざと大勢の人が立っている降車口の近くに立っていた。

トマはそばにいる若い女性に小さな声でささやきかけていた。女性も気軽に応じている感じだった。あとでトマに聞くと、女性が降車するまでの二十分間に、彼女の名前はおろか、電話番号まで聞きだしていたのだった。

トマには精力絶倫の精霊チャンゴーがついている！

でも、バービーが〈洗浄《ロガシオン》〉をしていたので、いくら性愛に強い精霊が後押ししたところで、トマの思い通りにはいかないかもしれなかった。当分は、他の女性がバービーからトマを奪っていくことはないだろう。でも、それはあくまで当分のあいだのことだ。

ようやく、バービーが繰り返し〈洗浄《ロガシオン》〉をする意味が飲み込めた。

最近では、白人のあいだでも、長いあいだ奴隷たちの呪術《じゅじゅつ》として見下してきた〈サンテリア〉の占いや儀式に頼る人がいるようだった。だが、そのことを世間に知られたくないと思う人もいた。偏見による無言の差別を恐れているからだった。あるいは、白人であることの「特権」や「厚遇」を失いたくないためかもしれなかった。

エレーナは、バッグのなかに〈サンテリア〉のブレスレットや聖具を隠し持っていた。

かつては白人支配者のせいで、〈サンテリア〉をはじめ黒人信仰は〈隠れ信仰〉として地下にもぐらねばならなかった。それがいま、エレーナのような白人が黒人信仰を隠れながら信じていた。エレーナはいわば〈隠れ信者〉だった。

民泊のベッドから起きあがり、部屋についている小さな洗面所で顔を洗った。今朝は、運がよかった。家のタンクにまだ水が溜まっていた。

民泊の女将《おかみ》は、十時をすぎないと起きてこなかった。七時すぎに三人の子どもを学校に送りだしてから、もうひと寝入りするらしかった。目鼻立ちがととのった白人女性で、若い頃はきっと男たちにチヤホヤされたことだろう。

五十歳前後で、お腹のあたりがホルスタイン種の牛みたいに膨らんでいた。この国では、中年女性が痩せていると、貧相に見えるのだろうか。みんな中年になると、競うように太っていく。

ハバナに二度目にやってきたとき、飛び込みでこの家を訪ねたのだった。女将は家族の夕食の準備をしていたが、こちらの姿を見るやいなや、抜け目ない金貸し屋みたいに、笑顔ですばやく入口の鉄のゲートを開けてくれた。ただちに僕をキッチンの隣にある六畳ほどの広さの部屋に通した。

部屋にはベッドや箪笥、エアコン、小さなテレビ、小さな洗面所（トイレ兼シャワー室）が付いていた。あとでわかったことだが、客がこないときは、中学生の長男がこの部屋をつかっていた。この民泊を僕に教えてくれたメキシコ人によれば、一泊三千円ぐらいという話だった。

女将はマリアと名乗り、朝食も、よかったら作るわ、とさりげなく付け加えた。

もちろん、追加料金で！　だ。

この家は、日本風にいうと、「築七十年の鉄筋コンクリート造りの四階建てマンション」の三階だった。その三階を三世帯が分有していた。マリアはバルコニー付きの一番いい「物件」を所有して、民泊の経営をおこなっていた。観光スポットである旧市街に近いという好条件もあり、冬の観光シーズンにはバッグパッカーなど、若いヨーロッパ人が飛び込みでやってくるようだった。

ネットの広告会社に払う手数料もバカにならないのよ。

マリアは、こちらが尋ねてもいないことまで、まるで僕が身内であるかのように告白した。それとも、こちらが支払うことになる宿代が不当でないと、あらかじめ釘を刺しておきたかったのだろうか。

僕がハバナに行くのは、いつもシーズンオフの夏だった。マリアによれば、客がふたり以上やってくると、夫婦の寝室まで客に明け渡すらしかった。自分たちは居間に間切りのカーテンを敷き、簡易のベッドを設えて、そこに寝るらしかった。

だから、満員で、泊まれない、ということはないのよ。いつでも、飛び込みでも、大丈夫よ。

マリアの守護霊はお金と恋愛をつかさどるオチュンという精霊らしかった。さすがしっかりとした金銭感覚を身につけた締まり屋だった。

このときから、僕はここをハバナでの定宿にするようになった。ロケーションや部屋の値段が気に入ったからではなかった。マリアの内縁の夫が、〈サンテリア〉の黒人司祭だったからだ。

前年の最初のキューバの旅を終えて、少し焦りを感じていた。自分の部屋には、キューバの音楽や、宗教や文学の本が、まるで子ども部屋のオモチャのように、雑然と散らかっていた。

僕の貧弱なスペイン語で、読み通せるかどうかもあやふやだったが、文献や資料だけはたくさん集めていた。この先、似たような現地調査を繰り返していても、ものごとの表層を引っ掻くだけで終わってしまうに違いない。

キューバにやってくる前に、〈グアダルーペ〉という名の混血の聖母を追いかけて、メキシコをあちこち放浪した。先住民のサバイバルに興味があった。

スペイン人に征服されたメキシコのインディオたちにとって、生きていくための心の拠りどころはどこにあったのだろうか。果たしてグアダルーペの聖母がその役割を果たしたのだろうか。

キューバでも、キリスト教徒のスペイン人と黒人奴隷とのあいだに似たような信仰対立があった。スペイン人の征服者はアフロ信仰を禁じたが、黒人奴隷たちは自分たちの信仰を捨てなかった。

そこでカトリック教会はメキシコでしたのと同じ方法を取った。黒人奴隷たちが信じている様々な精霊たちにカトリック教会の聖者や聖女、聖母を重ね合わせて、奴隷たちの改宗をはかった。黒人奴隷たちは、表面的にカトリック教会の「聖者」や「聖母」の名前を呼びながら、実のところアフリカの精霊たちを崇《あが》めてきた。「隠れ信仰」という、擬装《ぎそう》の戦略をとってきたのだった。

僕は隠れ信者たちのそうした屈折した心を自分で体感したかった。そのためにも、〈サンテリア〉の黒人司祭と知り合う必要があった。

運のよいことに、自分の泊まったハバナの宿に黒人司祭が住んでいた。毎日黒人司祭がやっていることを身近でこっそり観察しながら、ある日、僕は決心して言った。

一週間後にサンティアゴから戻ってくるから、そのときに〈オルーラの手〉をしてくれないだろうか、と。〈オルーラの手〉とは、〈サンテリア〉の通過儀礼《イニシエーション》のことだった。

4

　ある日の夕方、後ろから飛ばしてくる自転車タクシーに追突されないようにしながら、〈海岸通り《マレコン》〉に近い下町を歩いていた。穴ぼこだらけの道ばたで、少年たちが野球をしていた。そうでなくても、このセントロ地区は白いランニングに半ズボン姿の子どもたちが多かった。

　夕方になると、どこからともなく、まるで蟻の大群みたいに道路に姿をあらわし、あるグループはB玉遊びをしたり、あるグループはフットサルをしたり、また、あるグループは野球をしたりしていた。野球といっても、なぜかボールが異常に小さかった。ペットボトルのキャップをつかっていた。僕は初めて目にする珍球にとまどった。

　立ち止まって見ていると――

　投手はその小さなプラスチック・キャップを親指と人差し指に挟んで投げていた。それはまるで極小の円盤のように、〈海岸通り〉の方から吹いてくる浜風に乗って変則的なカーブを描いた。打者は大きな虻《あぶ》を叩き落とそうとするかのように棒切れを振りまわし、飛んでくるキャップを打ちかえした。

　このような路上の少年野球では、ときにはボールが薄汚れた硬式テニスボールだったり、バットが少年たちの手だったりすることもあった。まともなバットやボールを使って野球をしているのを

見たことがなかった。めずらしくバットとグローブを持った少年たちを見かけると、つかっている
ボールはいきなり硬球だったりした。

あるキューバのベースボール球団
一塁手　チャールズ・リトル
二塁手　ジョー・カブ
キャッチャー　サミュエル・ベントン
三塁手　ボビー・ホッグ
ショート　ジェイムズ・ウィンターガーデン
ピッチャー　ウィリアム・ボット
外野手　ウィルソン、ベイカー、パンサー
そうだ　少しはマシなこともあった
ボールボーイは　ファン・グスマンだった

（中略）
いまだに身近に感じる　数多くの遠い昔の
出来事がある
だが　それらは確実に

いまなくなったと言えるのか？　（ニコラス・ギジェン「すべて過ぎ去りし日々は」）

ギジェンが詩のなかで挙げている野球選手の名前は、すべてアメリカ人だった。道具類を運ぶボールボーイだけが、スペイン語の名前になっていた。おそらく、ボールボーイは黒人のキューバ人だろう。

詩人は、プロ野球チームのメンバー編成に、キューバ社会におけるアメリカ支配をほのめかしていた。そして、黒人が活躍する余地のない、革命前のキューバ社会を皮肉っていた。

一方、アメリカ作家へミングウェイの、キューバを舞台にした『老人と海』には、サンティアゴという貧しい白人の老人が出てくる。老人はキューバ人なのに、なぜかラジオや新聞でアメリカのメジャーリーグのジョー・ディマジオ選手の成績ばかりを気にかけていた。

ディマジオは、一九三〇年代半ばから十五年ほどニューヨーク・ヤンキースでプレーし、一九三九年と一九四〇年に二度首位打者になったほどの有名選手だった。

革命前の時代、キューバの優秀な黒人選手たちは国内で差別され、プロとしての出場機会を奪われた。それで、アメリカに渡り、黒人選手のためのニグロリーグでプレーした。

メジャーリーグでも、アメリカ生まれの黒人選手、ジャッキー・ロビンソンがブルックリン・ドジャーズに入団したのが一九四七年だった。それまでは、アメリカ人であれキューバ人であれ、アフリカ系の黒人選手には、メジャーリーグの門戸はひらかれていなかった。

かつてアメリカのプロスポーツの試合は、米軍放送を通じて海外に伝わった。米軍放送の拠点はニューヨークにあった。当然のことながら、ニューヨークに本拠地をおくプロチームの実況放送が主になった。サンティアゴ老人のメジャーリーグ趣味(というより、ヤンキースかぶれ)は、ラジオや新聞のようなメディア産業までアメリカに取り込まれてしまった革命前のキューバ社会の写し絵といえるかもしれなかった。

昭和三〇年代の日本のプロ野球でも、人種にまつわる偏見は存在していた。それは、外国人嫌い《ゼノフォビア》の「純血主義」という形であらわれた。

読売巨人軍のラインナップ

一番　センター　国松
二番　レフト　高林
三番　ファースト　王
四番　サード　長嶋
五番　ライト　宮本
六番　キャッチャー　森
七番　ショート　広岡
八番　セカンド　藤本

九番　ピッチャー　城之内

阪神の投手バッキーや南海ホークスの投手スタンカと、巨人打線との対戦は、さながら日米対決の様相を呈した。巨人軍は「日本」を代表していた。日本の庶民は巨人軍を応援することで、自分たちの外国人コンプレックスを解消しようとしたに違いなかった。幼い頃の僕は、そんなマスメディアに「洗脳」されて、巨人軍の大ファンだった。

ある朝、セントロ地区の宿から〈友愛公園《フラテルニダー》〉をめざして歩いていると、前から自転車タクシーがやってきた。自転車を漕いでいたのは、知り合いのホセだった。

ホセはときどき代父《パドリーノ》のところにやってきて、こまごまとした雑用や家事を夜遅くまでこなしていた。アルバイト代はもらえないにもかかわらず、勤勉な働きぶりだった。ある意味で、「丁稚《でっち》奉公《ぼうこう》」のつもりかもしれなかった。

住み込みではないものの、代父のところで〈サンテリア〉の作業や儀式を学んでいた。いずれ〈サンテリア〉の司祭になりたかったのだ。そのためにはお金が必要だった。

そんなホセの熱心さに驚きを覚えて言った。

こんな仕事までやってるんだ！

置き屋さんに自転車のレンタル料を払わなきゃならないから、大した稼ぎにならないよ。

ホセは、コアラみたいにかわいい笑みを浮かべて言った。

日光を浴びて自転車のペダルを漕ぐのは、まるで背中に重荷を積んだロバになった気分だよ。

ホセがめずらしく愚痴《ぐち》をこぼした。

今はまだ早朝だが、確かに陽射しの強い午後になると、ビルの日陰に自転車タクシーだけが並んでいて、ホセのいう「ロバ」たちの姿がないことがあった。どこかに昼寝しに出かけるか、何か食べ物を探しにいくのだろう。

外国人観光客を相手にしないと、儲からないよ。

ホセがそう弱音を吐いた。

じゃ運よく、外国人と出くわすように！

いやいや、お前が乗ってけよ！

ホセが混ぜ返した。

忘れたのか、オレが「キューバ人」だということを！

こちらがそうタメ口をきくと、ホセは顔の前で片手を振りながら苦笑した。

じゃあな、ロベルト。調子に乗って、熱いキューバ女に火傷《やけど》しないようにしな。

ホセと別れると、そのまま〈友愛公園〉に通じる道を進んだ。まだ午前中なので公園のなかは、人の姿はそれほど多くなかった。冬だというのに太陽は肌に焼きついた。

額から水飴みたいな汗がこぼれ落ちた。巨大なセイバの樹が作る日陰を選びながら、とある場所をめざした。木の下のベンチに、めざす黒人の老人がすわっていた。

ブエン・ディア、アブエリート！

わざとハバナ式の発音で挨拶をした。

おはよう、おじいちゃんといったほどの意味だった。

やあ、ロベルト。

気のない返事が返ってきた。

だが、不機嫌なわけではなかった。

昨晩、〈アグアルディエンテ〉を飲みすぎたのだった。サトウキビの果汁を蒸留した度数の高い焼酎だった。

昨夜、僕の泊まっている民家を訪れた老人は、酒を飲んでいるうちに、まるでパチンとスイッチが入ったみたいに、ひとりであれこれ喋りだした。

やけに饒舌な老人だった。

代父をはじめ聞いている者たちは、その一言一言に相槌《あいづち》を打ったり、老人の発する言葉に哄笑《こうしょう》の声をあげたりしていた。

そうしたやり取りの最中に僕はカメラをとりだして、老人の写真を撮った。フラッシュを炊くたびに、老人は、まるで飼い主にいたずらをされた猫みたいに大げさに片手をあげ、まぶしそうに目を覆った。それから、撮影に抗議するかのように、その手を振りあげた。

それを見て、みながどっと笑い声をあげた。僕は何がそんなにおかしいのかわからなかった。

宴もたけなわになった頃、代父が老人に訊いた。

ラファエル、こいつの家は、いまどうなってる?

老人は聞き取れない言葉で応《こた》えた。

代父がみなに通訳した。

家の前にきれいな花が咲いてて、木もあるってさ。ほんとうにそうなのか、ロベルト?

代父が尋ねた。

僕は自分の家のちっぽけな庭を思い浮かべた。確かに、クチナシの花や、木蓮の木はあるけど……。

僕はその通りだ、と答えた。

老人は当てずっぽうにそう言ったのかもしれなかった。あるかないか、二分の一の確率だから。

さらに老人が何かを口ごもったが、よく聞き取れなかった。

こちらが戸惑った顔をしていると、お祖母《ばあ》さんがあんたを護《まも》ってくれているそうだよ、と代父が説明した。

祖母は、父方も母方も共に亡くなって久しかった。いま祖母の霊が自分を護ってくれているとして、それがどちらの祖母なのかは敢えて訊かなかった。

ありがたいことに、どちらかの祖母が、あるいは両方の祖母が旅先の自分を護ってくれている。

そう思うことにした。

夜も更け、一座がお開きになった。みなが帰ってしまい、代父とふたりだけになると、僕は代父に訊いてみた。

ラファエルは親戚なの？

ああ、そうだけど、名前はラファエルじゃない。

ええっ？　さっきまで老人をそう呼んでいたのに！

こちらがきょとんとしていると、代父はまるですばしっこいトカゲが動きだす前にするみたいに、身体を震わせた。それから、首を横に振って大声で笑いだした。

わからなかったのか？　ラファエルっていう人の霊が老人にとり憑いたんだよ。

おじいさんはラファエルっていう名前じゃなかったの？

口から出たのは、その人の言葉だよ。

おじいさんの口を借りて？

一晩のうちに、いろいろな人になるんだ。

それって、亡くなった家族や親戚の人たち？

いや、まったく見ず知らずの人だよ。死者の霊が舞い降りてくるんだ。

いま公園の明るい陽射しのなかで、目の前にいるのは、そこら辺で見かけるごく普通のキューバの老人にすぎなかった。シャツもズボンも、おおかたの老人の例にもれず、すでに十何年も着ているみたいに色褪せてしまっていた。

自分の祖母ことを尋ねたかったが、いきなり訊くのは失礼だと思った。それで、遠まわしに昨日のことを覚えているかどうか訊いてみた。

ああ、覚えているとも
自分で言ったことも？

いや、きのう、ひと仕事したことだ、覚えているのは。

何を言ったのかは、覚えていない？

覚えとらん。わしの言葉じゃないから。

死んだ人と話すってこと？

いや、死んだ人間と話すんじゃない。なぜか知らんが、わしのようでわしでない人間が話しているみたいなんだ。

どのくらい前から、そういうことができるようになったの？

そうだな、二十歳をすぎてからだな。

太鼓の儀式などで、自分のなかに守護霊《オリチャ》が舞い降りてきたことがあるとか？

そりゃ、しょっちゅうだ。

そうだと思った。おじいさんの守護霊は何？

チャンゴーさ。

トマと同じだった。チャンゴーを守護霊にする人は、男女ともに仕事はできても、それ以上に遊びが大好きで、好戦的な人が多いと言われている。生涯に何人もの異性と関係を持つようなチャンゴーの子たち。自分の意志とは関係なしにチャンゴーの霊力《パワー》がそうさせるのだと信じられている。

ひとつ訊いてもいいかい？

老人はそう言うと、おずおずと僕に尋ねた。

どうしてキューバに興味を持ったんだい？

それを聞いて、僕は小さなポシェットからいつも携帯している小さなノートを取り出した。

5

ノートのあるページを開いて老人に差しだした。老人はノートを、まるで一口サイズのフルーツが載った皿みたいに、興味深げに受け取った。

それからフルーツを一粒ずつ吟味するみたいに、そこに書かれている文字を目で追った。それは僕が書き写したスペイン語の詩だった。冒頭の部分を日本語に訳してみると、こんな感じだった。

リスのように　すばしっこい身体
軽く構えた　おまえのグローブ
笑顔から　くりだす　痛快パンチ

キューバの黒人ボクサーがハバナで成功を収め、ニューヨークに乗り込むという物語を題材にしたものだった。ちょうどアメリカが「大恐慌」に陥る一九二九年前後のことだった。ボクシングの興行で一番盛りあがるのは、言うまでもなくKOシーンである。

だから、KOシーンが期待できるパワフルな選手を、興行師は望む。かつて自分の教え子のなかにプロボクサーになった青年がいた。S君はバンタム級のサウスポーだった。後楽園ホールで、S

君が相手をＫＯするシーンを何度も見せてもらった。

相手の選手には悪いが、ＫＯシーンは気持ちのいいものだ。この世の中には自分の立場を利用して頭ごなしに他人を批判する者がいる。こちらが反論できないでいると調子に乗って畳みかけてくる。そんなときに、悪いとわかっているが、こいつ死ね！　と胸のなかでつぶやく。そんな悪い癖が僕にはあった。実際に相手を殺す勇気などはなかった。Ｓ君のＫＯシーンは、そんな内なる「悪魔」の声から自分を解放してくれたのだった。

キューバの黒人ボクサーがニューヨークに出ていくと、相手のボクサー以上に手強い敵が待っていた。資本家の魔の手だった。結局、いくらキューバの黒人ボクサーがアメリカで活躍したところで、潤うのはアメリカのプロモーターたちだった。選手はチェスの駒にすぎなかった。この詩にはモデルになった黒人のプロボクサーがいたようだった。

現役時代のエリヒオ・サルディニャスを知っていますか？

そう老人に訊いてみた。

もちろんだよ。〈クーバ・ボンボン〉だろ。〈キッド・チョコラテ〉とも呼ばれていたよ。チョコレートみたいに肌の色が黒かったから。

実際の試合は、その当時はテレビがなかったから、老人は見ていなかったという。

エリヒオは、わしと同じハバナのセロ地区の生まれで、新聞少年だったんだよ。一九一〇年生まれだ。十七歳でプロデビューしたんだが、それ以前の試合でも負け知らずで、こっそりファイトマネーをもらっていたらしい。

老人はそう言葉を続けた。

すぐにニューヨークに出て行くんですよね？

アメリカでデビューしてすぐに破竹の九連勝だよ。

老人はまるで自分の孫を自慢するかのように嬉しそうに言った。

二十一歳のとき、キューバ人で初めて世界チャンピョンになったんだ。今でいうスーパーフェザー級。だいたい五七キロから五九キロだな。

どういうファイティング・スタイルだったの？

盛んに左ジャブをくりだして、右ストレートが決め手だった。フットワークがよくて、しかもパンチに抜群の切れ味があった。だから、よく相手はクリンチして、やつのパンチを封じようとしたんだ。

それから老人は、まるでいたずらをして飼い主に叱られた犬のように、うかない顔になった。

二十八歳で引退してハバナに戻ってきんだ。でも、やがて革命が起こり、プロボクシングを禁じたカストロ政権下で、やつの栄光は忘れ去られてしまった。

いまやヨーロッパ人は　服を脱ぎすて
太陽にその肉体をさらし

ジャズやソンを求めて
ハーレムやハバナにやってくる
街の人びとが　拍手喝采するあいだに
おまえの黒さを見せびらかし
白人たちの嫉妬心と立ち向かい
真の黒人の言葉を話せ

（ニコラス・ギジェン「キューバの黒人ボクサーを讃える」）

老人は〈キッド・チョコラテ〉の偉大さを示唆する数字をあげるのを忘れなかった。全部で百五十回戦って十回しか負けなかったよ。それで、アメリカの国際ボクシングの〈名誉殿堂〉入りができたんだ。

老人はそう言うと、ノートをそっと僕に返した。まるで皿の上のフルーツを一つも食べられなかったみたいに、不満そうな表情になった。

〈キッド・チョコラテ〉の話は、なぜ僕がキューバにやって来たのかという質問の答えになっていなかった。

いま、頭上のセイバの樹には、ムクドリのような小さな鳥が集まってきていた。アメーバーのような不定形の群れをなして、ふたりの頭上にある樹から別の樹へと移動していた。

で、きみはボクサーのことを知りたいのか、それともこの詩の作者のことを知りたいのか？

そのう……。

わしはボクシングの専門家でも詩の専門家でもないよ。わしのようなボケ老人にわかるように説明してくれないかな。

僕はつたないスペイン語で、なぜキューバに興味があるのか、老人に説明した。

去年の夏、僕はキューバ東部のサンティアゴ・デ・クーバにいた。ある日曜日の朝、サンティアゴからちょっと奥に入ったエル・コブレの町まで出かけていった。そこで、生まれて初めて〈ベンベ〉と呼ばれる黒人たちの太鼓儀礼に遭遇した。夜を徹して、民家の中庭でおこなわれていて、三人の太鼓打ちと、ひとりの鉦打ちが複雑なリズムを刻むなか、人々が歌って踊っていた。

運よく出くわしたのは、そんな夜通しの黒人儀式の、早朝のクライマックスだった。儀式の終盤に驚くべきことが起こった。ひとりの長老に何かの霊が憑依したのだった。中庭の一角には、縦横一メートルほどの穴が掘ってあった。祭壇のケーキや果物が参加者に配られ、生贄にした鶏の内臓や羽根を穴のなかに埋める段になった。バケツのなかの内臓や羽根が順序よく穴のなかに並べられていった。穴のまわりを人々が取り囲み、歌を歌っていた。

すると、ひとりの長老が必死に穴のなかに足からもぐり込もうとした。若い男が後ろから老人を羽交《はが》い締《じ》めにして、それを押しとどめた。老人の顔は、恍惚状態になっていた。あたかも、生贄と一緒にあの世に行きたがっているかのように。若い男は、何か叫びながら、まるで長老をこの世に連れもどそうとするかのように奮闘した。長老はあえて抵抗しなかったが、それでも足から穴のなかにずり落ちようとした。

このとき、なぜか僕は直感した。キューバの、このような黒人儀式のなかにこそ、自分の探究すべき宝庫があるのではないか、と。

僕はキューバで一番印象に残った体験をありのままに話した。老人は、まるで森のなかで人間に出くわしてしまった野生の猪みたいに、厳しい表情だった。

果たして、老人は自分が研究対象にされるのをどう感じるのだろうか。そもそも日本人が研究の名のもとに、キューバの黒人文化のなかに分け入り、その素晴らしさを説いたところで、余計なお世話ではないのだろうか。

それは、外国の一風変わった風物に憧れる、いわゆる「異国趣味」と、どう違うというのだろうか。キューバの黒人文化に自分勝手な思い込みを投影しているだけではないだろうか。

冷や汗をかきながら、あれこれ思考をめぐらせていた。

「異国趣味」とか「自分勝手な思い込み」とかいった言葉が頭のなかを駆けめぐり、それでなくても下手なスペイン語が便秘を起こしたみたいに出てこなかった。

僕はいわば、執拗に食らいついてくるハイエナの餌食になるしかない、無力なシマウマだった。

だが、そうして言い淀んでいるあいだに、ふと閃《ひらめ》いたのだった。

キューバの黒人信仰を研究対象として外側から眺めているだけではダメなのだ！　手始めに自分で〈オルーラの手〉と呼ばれるイニシエーションをやらねければならない、と。

自分が自転車タクシーの運転手ホセにタメ口をきいたように、みなからキューバ人〈できるならば、キューバ黒人〉と思われるようにならないといけない！

そうした小さな自覚が芽生えたのだった。

6

シエンフエゴスに〈太鼓儀礼《タンボール》〉を見学しに連れていってあげるわ。

ある日唐突に、エレーナが僕に言った。エレーナは白人の知識人層に属するのに、なぜか〈サンテリア〉のことに詳しかった。

キューバでは、いまでも特に白人のあいだで「野蛮」や「未開」というレッテルをつけて、黒人宗教に対して偏見を持つ人が多かった。エレーナは、信者のしるしである緑色と黄色のビーズのブレスレットや、彼女自身の守護霊であるオチュンの黄色いネックレスを持っていた。だが、けっして身にはつけず、バッグのなかにしまっていた。戦士エレグアをはじめ、〈サンテリア〉の聖具なども、家の見えるところにはおいていなかった。

白人の同胞によって、意地悪をされるのを恐れていたからだった。

それにしても、ハバナでも太鼓をつかった儀式は見学できるのに、どうしてわざわざシエンフエゴスまで出かけていかなければならないのだろうか。

シエンフエゴスは〈サンテリア〉の聖地だから、行く価値があるのよ。

エレーナはそう言って譲らなかった。

エレーナは、簡単な食材と四リットルの予備のガソリンが入った四角いポリバケツを〈スサーナ〉

のトランクのなかに積み込んだ。

町のスタンドにガソリンがあるかどうかは運次第だけど、とりあえず行ってみましょう。タンクを満タンにしておかないと。

エレーナは、飼い主に一日中餌を省かれてしまった猫みたいに、そう用心して言った。

経済危機に陥った一九九〇年代初頭の〈特別期間〉からしばらくたっていたが、もの不足は切実だった。郊外のサンタフェから出発して、一番近くのプラーヤ地区のガソリンスタンドに寄った。めずらしいことに、なんとそこにガソリンがあった。

ガソリンを入れると、ただちに〈スサーナ〉はハバナ市街を抜けて、サンティアゴ・デ・クーバまで通じる、広々とした片側二車線の高速道路《アウトピスタ・ナシオナル》に入った。

入口のあたりには、ボストンバッグや段ボールの荷物を携えた人たちがまばらに並んでいた。長距離のヒッチハイクを試みる人たちだった。片手で紙幣を掲げているところを見ると、お金を払って同乗を決め込むつもりらしかった。

高速道路と言っても、高架ではなく、原野を切り開いて作った感じの素朴な道路だった。マタンサス州に入ると、家もまばらになり、両側に緑の田園地帯が続いた。こうして都市からちょっと郊外に出てみると、手付かずの自然がまだいっぱい残っていた。

チェ・ゲバラが少数のゲリラ隊を率いて、キューバ国軍を破ったことで有名なサンタ・クララ市にたどりつく手前に、ランチュエロという町があった。〈スサーナ〉はそこで一般道に入った。エレーナによれば、ランチュエロはラサロ・ロスの生まれ故郷らしかった。
ラサロ・ロスは黒人で、革命政府が作った高等芸術学院《インスティツト・スペリオル・デ・アルテ》の音楽の先生になって、若い学生たちにアフロ儀式の歌を教えた人よ。わたしもラサロ・ロス先生の手ほどきを受けたわ。オリチャの歌を歌わせたら、先生に敵《かな》う人はいない。うまいという表現は当たらない。歌自体がスピリチュアルなのね。先生自身は学校で習ったわけじゃなくて、幼い頃から黒人の儀式に接していたのね。先生のＤＮＡのなかに、オリチャの歌が埋め込まれていたにちがいないわ。
〈サンテリア〉の儀式の始まりには、死者の霊《エグン》を讃える歌を歌うことになっていた。

アウンバ　ワオリ
アウンバ　ワオリ
アワ　オスン　アワ　オマ
レリ　オマ　レヤオ
アラ　オヌ　カウレ
（死者を探しています／見つかりません／でも、戻ってきます／探し続けます／素早く出現する／すべての死者に／寄り添います）

日本の子守歌のようにゆっくりとしたテンポで、ラサロ・ロスはあの世にいる死者をこの世に呼び寄せるのだった。

果たして、人間は死んだら、どこに行くのだろうか。

代父によれば、アフリカのヨルバ族の人たちは「輪廻」という死生観を持っているらしかった。死んだ人間の魂は、ある一定期間、精霊たちの暮らす天上界でのんびり過ごす。オレたちは天国と地獄といった他界観を持っていない。死んだ人は天上界でしばらく過ごしたのちに、この世に戻ってくる。同じ家族のなかに孫として生まれ変わる。だから、死んだ人間は、実は死んでいない。死はしばしの別れにすぎない。

そう代父は説明してくれたのだった。それは、いわば「生まれ変わり」の思想だった。代父の話を聞いて、そうした思想のもとでは、ヒトも植物と同じなのかもしれない、と思った。冬に木の葉が大地に落ちても、木は死んだわけでなく、春には新芽が出てくるのだから。

〈スサーナ〉はトラブルを起こすことなく、快調に田舎道を飛ばした。シエンフエゴスは、ハバナの南東二百五十キロにある港町だった。目的地は、その港町から内陸に入ったパルミラという町だった。

わたしの代父が掛け持ちで、パルミラの黒人教会の一つを運営していたのよ。

エレーナはシエンフエゴスにつく頃になって、そう説明した。

代父が最近亡くなって、その甥っこが運営を任されているの。

お昼すぎにパルミラに到着した。黒人教会は、パルミラのセントロ地区にあり、〈ソシエダー・

クリスト〉と呼ばれていた。日本語に訳せば、〈キリストの集会場〉だった。建物の前の道路は舗装されていなかった。雨が降ったあとで水はけが悪く、自動車や馬車が通ると、あちこちの水たまりから水が跳ねた。

集会場は立派な木造の建物で、百五、六十名は入れる日本の小学校の体育館のような感じだった。なかに入ると、大きなテーブルやベンチがいくつもあった。代表者は、エディ・カポティ・セビリアという人だった。

みんなわたしのことを〈ニエト(孫)〉と呼んでいます。

そういって、エディさんは笑った。

前任者からそういうふうに可愛がられていたのだろうか。エディさんはババラウォ歴十年以上のベテラン黒人司祭だった。

あちらのテーブルをつかって、みんなでドミノゲームをやることもありますよ。

エディさんが広いスペースを指さして、そう言った。

エディさんの背後には、白い木製の祭壇があった。そこにまつられている聖人像を見ると、最上段には十字架に架けられたイエスの像があった。その下に、聖女バルバラ、聖人ラザロ、聖人アントニオ、エル・コブレの慈善の処女聖母、レグラの処女聖母など、カトリック教会の聖人像や聖母像が並んでいた。イエスの最後の晩餐の絵も飾られていた。一見すると、キリスト教の教会の趣きだった。もっとも、ヨーロッパの荘厳なカトリック教会の祭壇とちがって、聖人たちの像はポップカルチャーのフィギュアみたいだった。

僕の代父の家には、こうしたカトリック教会の聖人像はなかったし、自分の知っているその他の黒人司祭の家にもなかった。

こうしたカトリックの聖人たちを、本当に崇《あが》めているのですか?

エディさんにそう聞いてみたい気持ちに駆られたが、聞けなかった。

集会場から中庭に出てみると、熱帯の強烈な陽射しを浴びて、スペイン語で〈フティア〉と呼ばれている肉食用の天竺鼠《てんじくねずみ》の皮が干してあった。〈サンテリア〉では、天竺鼠の皮を乾燥させてぱりぱりになったものを粉々にして、いろいろな儀式でつかうのだった。中庭をさらに奥のほうに行ってみると、巨大なセイバの樹があり、その根元に、チャンゴーのために捧げられた生贄の跡があった。

集会場に戻ると、その一角にカーテンが引かれた部屋があった。もしかすると……。誰もいないときに、そっとカーテンを開けて、なかを覗いてみた。アフリカの精霊たちが地べたに並べられていた。道や旅をつかさどるエレグア、鉄や産業文明をつかさどるオグン、狩りをつかさどるオチョシといった戦士《ロス・ゲレロス》たちだった。てっぺんにニワトリを配したオスンの聖像もあった。

そのとき僕が不思議に思ったのは、いまではたとえキリスト教の色合いが強い祭壇を取り外したり、集会場の名前をアフリカ風に変えたりしても、弾圧などされないはずなのに、そうした変更や修正の気配がまったく見られないことだった。エディさんの弟に、この集会場の名前「キリストの集会場」は誰がつけたのか、訊いてみた。

祖父たちが考えたようです。詳しいことは分かりません。

エディさんも弟も、その名前を変える気はなさそうだった。

百年近く「隠れ信仰」のスタイルを貫いてきて、いまさらその仮面を剝がせないということなのだろうか。最初は強いられたものに違いなかった「隠れ信仰」のスタイルが身についてしまったのだろうか。

今日の夜、別の黒人教会で〈ベンベ〉があるのよ。

エレーナは手品師がシルクハットのなかから白鳩を出すみたいに、どう驚いたでしょ、と言わんばかりの口調で言った。

エレーナは、その儀式を僕に見せるために、わざわざここまで遠出をしてきたのだった。いつものことながら、そういう計画は自分だけで立てていた。すべて良かれと思って計画していたのだった。一言知らせておいてほしいのに。

昼の明るいうちに、一九一五年に創設されたという別の黒人教会、〈聖人ロクス《サン・ロケ》の集会場〉に行ってみた。〈スサーナ〉に乗って五分もかからない住宅地の真ん中に、それはあった。エディさんの黒人教会よりずっとこじんまりしていた。普通の民家を改造したような感じだった。窓を開け切った居間のようなスペースには、白く塗られた祭壇があり、カトリック教会の聖者たちの像がまつってあった。中央に、犬を連れて緑色とえんじ色の服を着た聖人ロクス、赤い服を着た聖女バルバラ、濃紺の服を着たレグラの処女聖母、白い服を着た聖母メルセデスなどがまつられていた。ここでも、表向きはカトリック教会を装っていた。

奥の部屋をそっと覗いてみると、アフリカの精霊たちを象徴する赤と白や、緑と黒や、青と白といった布地が壁の前に飾られていた。その前の床には茣蓙《ござ》が敷かれ、たくさんの果物やケーキなどが供えられていた。

今日は八月十六日で、聖人ロクスの祭日だった。カトリック教会の聖人暦に従って、一年に一度この日に、この地のアフリカ系の人たちは聖人ロクスを祝うことを許されてきたのだ。

カトリック教会の聖人ロクスは、尊いアフリカの平癒の精霊ババルアイェにあたるのだった。ババルアイェは、難病を治してくれたり、怪我や事故から守ったりしてくれる神霊で、日本の仏教で言えば、身代わり不動尊だった。

ベンベは夜になってからでないと始まらない。エディさんに教えてもらった宿を探すことにした。エディさんの黒人教会と同じ通りに、個人経営の民泊があった。そこで簡単な夕食を出してもらった。夕食を食べても、まだ外は明るかったが、ふたたび〈聖人ロクスの集会場〉に向かった。ベンベはなかなか始まらなかった。

陽が落ちてから、黒人の住民たちが集会場に集まってきた。だいぶ夜が更けた頃になって、ようやく歌が始まり、太鼓が鳴り始めた。ひとたび踊りが始まると、あっという間に部屋は人で膨れあがった。まるで巨大なサウナ風呂のなかにいるみたいに、互いの汗を飛ばし合うのだった。

ここの太鼓はアフロ信仰のひとつ〈パロ・モンテ〉の太鼓らしかった。大きさの違う三つの太鼓を縦においたり、横に持ったりして、片面、あるいは両面に張った皮を手で、あるいはバチで打った。そのため耳をつんざくような激しいビート音が鳴り響いた。そこに鉦《かね》が加わった。その金属音は、鍬《くわ》の刃の部分を鉄の棒で打ち鳴らすことで生じた。バチをつかった強烈なドラム音と相まって、ワイルドな音響効果がもたらされた。

エレーナは、踊っている黒人たちの輪には加わらなかった。

僕はカメラを持って、まるで馬の大群のなかに突っ込んでいく猟犬みたいに、前列まで進んでいった。外国人は僕だけだった。これは日本の盆踊りのような、地元の人たちのお祭りだった。盆踊りと違うのは、人々の踊りが型にはまったり統一されたりしていないことだった。

すると、ひとりの中年女性が激しく体を揺らしながら、体をわなわなと震わせた。まるで酔っ払っているみたいに、前に倒れそうになった。

いや、内なる何かに突き動かされているみたいに、自分の体の動きをコントロールできないのだった。彼女が倒れないように、そばに大きな男性が付き添っていた。女性に死者の霊が乗りうつったのだ。

その白目を向いている女性にカメラを向けると、大男が片手を上げて、写してはいけない、と制した。死者は聖なる存在だから、死者の霊の乗りうつった彼女も畏怖すべき存在なんだ。

大男は、そう言いたかったのだろう。

宿に帰ってから、僕はこの出来事を思い出した。何度あったことだろう、自分の行動を恥じなければならないことが。普段は異国情緒に染まった愚かな行動を馬鹿にしているくせに、自分自身が愚かな行動をとっているではないか。

前年にも、エル・コブレのベンベで神がかりになった老人を動画に撮ろうとして、目力《めぢから》の強烈な老女に恫喝《どうかつ》されたのだった。

いつまでたっても、珍しい光景に流される自分がいる。そういう意識はなくても、自分のなかから観光客気分が消えないのだ。結局は、部外者の目で観察しているから、そうなるのだ。

頭のなかであっちに行ったりこっちに行ったり悶々《もんもん》としているうちに、ふと閃《ひらめ》いたのだった。奴隷から自由の身になった彼らが、集会場の名前も祭壇も昔のまま変えないでいる理由が。

かつて白人によって強いられた「制約」があるからこそ、きっと、いまでもベンベは日常の鬱屈を晴らすハレの場になるのだ、と。

だから、いまでも黒人のあいだで、たくさんの憑依現象が起こるのだ。

踊りや歌からなる黒人の祭りがいつでも自由気ままにできたら、ただの平凡な祭りになってしまう！

生と死の境界をまたぐ憑依体験は、本来、人間に備わった「タナトス（死の衝動）」をコントロールする高度な技術にちがいない。こうした高度な技術を習得した人は巫者《ふしゃ》になり、死者のための口寄せとか、人工知能などの及ばぬ知見を人々に披露する。

現代の文明人は、ごく少数の者を除いて、こうした高等技術を失ってしまった。そして、死者を身近に感じる感性も失ってしまった。
「死者のいる風景」から遠ざかってしまったのだ。
僕はこうした閃《ひらめ》きを与えてくれたあの大男に感謝した。

7

シエンフエゴスから帰ってくると、エレーナと彼女の家族のために、日本から持参したインスタント・ルーをつかってカレーライスを作ることを思い立った。普段は、セントロ地区の民泊で朝ごはんや夕ご飯を作ってもらっていたが、たまにキューバの友人たちに食事を作ってあげるのもいいかもしれない、と思ったのだ。

キューバの庶民の食事はとても質素だった。たとえば、夕食は米のご飯に黒豆スープをたっぷりかけて、チキンの照り焼きにアボカドのスライスをのせる。質より量を重視したワンプレート料理だった。とはいえ、熱帯のフルーツならば豊富にあった。特に、夏はマンゴにパパイヤ、マメイ、グアヤバ、スイカ、パインナップル、そしてバナナなどといった具合に。

ただし、問題なのは、このような果物を簡単に手に入れることができないことだった。八百屋にいっても、いま挙げたような果物がいろいろと出まわっているわけではなかった。パパイヤだけとかアボカドだけとか、とにかく売っている種類が少なかった。

日本であれば、貨物の流通を担う企業がいくつもあるが、キューバでは国家が流通を担っていて、流通ネットワークがそれほど整備されていなかった。野菜や果物に限らず、さまざまな物資の配分が偏《かたよ》りがちだった。

それでも、車を持っていっていれば、いくつかの農家がまとまって小さな露店を出している、〈アグロペクアリオ〉と呼ばれる青物市場にいけばよかった。そういう市場に買い出しにいってきたばかりのときは、三日連続で朝食のテーブルに一口大に切ったマンゴが山盛りで出てきて、つかの間の贅沢三昧だった。

だが、そのあとは、しばらく何もない日がつづいた。というわけで、ふと思い付いたのだった。米は毎日のように食べているし、カレーならば、手元にある野菜をつかって煮込めばいい、と。

タマネギやジャガイモはあるけど、ニンジンはないわ。

野菜があるかどうかエレーナに訊いてみると、そういう返事がかえってきた。

そこで、エレーナの家の近くにある八百屋をのぞいてみた。珍しくも、少しずつではあるが、果物や野菜があった。古びた黒板に品物のLb（リブレと読み、重さ一ポンドのこと、約四五〇グラム）あたりの値段が書いてあった。貨幣単位はペソ（一ペソ約四円）だった。

5.00Lbと書いてあれば、一ポンドあたり、五ペソ（二十円）という意味だった。C/Uという記号は、カダ・ウニダ（一房あるいは一個あたり）という意味らしかった。

小粒のウバ（ブドウ）5.00Lb、マランガ（里芋）4.00Lb、キンボンボ（オクラ）5.00Lb、アビチュエラ（インゲン豆）5.00Lb、カラバッサ（カボチャ）2.00Lb、アグアカテ（アボカド）10.00 C/U、プラタノ・マチョ（大きい料理用バナナ）2.00 C/U、プラタノ・ブロ（小さい料理用バナナ）3.00 C/U、アヒ（トウガラシ）7.00Lb、グアヤバ（果物）3.00Lb、レモン10.00Lbなどが並んでいた。

だが、肝心のニンジンはなかった。

カボチャの煮っころがしでも作ろうかと、ひょうたんのような形をしたカラバッサを買ってきた。

八百屋にニンジンはなかったというと、エレーナは、まるで他の動物の餌食を奪い取ったハイエナみたいに、勝ち誇ったようにいった。

〈ブティック〉に行きましょう！

〈ブティック〉？　と不審に思いながら、僕は〈スサーナ〉に乗り込んだ。

X番通りを中心街のほうに向かっていくと、こちらではマール・パシフィコと愛称で呼ばれている、赤いハイビスカスの花が一軒家のフェンスに張りつくように咲いていた。マール・パシフィコとは、スペイン語で「穏やかな海」とか「太平洋」という意味だった。僕はカリブ海ではなく、太平洋に浮かぶ日本の小さな島を思い出した。

夏の陽ざしに　真赤に咲く赤花《あかばな》
なぜ人達《ひと》は　後生花《ぐそうばな》と言うんでしょうか
（ネーネーズの「赤花」）

沖縄の人たちの想像力のなかでは、赤いハイビスカス（赤花）は、後生花（あの世の花）とも呼ばれ、死者と結びついているようだった。

死者はハイビスカスに変身して、生者の傍《そば》に生きているんだ。

ヤンバル出身の友達はそう教えてくれた。

ハイビスカスはブーゲンビリアみたいには群れをなさず、一花《ひとはな》ずつ独立して咲く。死者が身近にいるという発想は、四十歳をすぎてメキシコや沖縄に頻繁に通うようになって、自分自身の実感となった。

ひょっとしたら、最初から僕は死者が身近に感じられる場所を目指していたのかもしれなかった。メキシコでは、北はチワワ州のシウダー・フアレス、南はチアパス州のサンクリストバル・デ・ラス・カサスまで、あちこちを放浪しながら各地の教会や墓地を訪ね歩いた。

メキシコの先住民の人口比の高いミチョアカン州やオアハカ州で、毎秋おこなわれている「死者の日」の祭事に、米国や日本のハロウィーンのお祭りにはない、先住民の精神性《スピリチュアリティ》を感じた。彼らは墓地を溢れるばかりの花やお供えもので飾り立て、夜を徹して墓の前にすわり、先祖の霊を迎えるのだった。

むろん、メキシコでも、知識人や都市生活者や若者のなかには、先祖の人たちがこの世に帰ってくるなどといった信仰を時代遅れの迷信と捉える人が多くいた。そのことは承知していた。

沖縄に行けば、本島ヤンバルの、防空壕のような岩壁に作られた一族の墓や、宮古島や伊良部、波照間などの御嶽《うたき》、与那国島の巨大な亀甲墓《かめこうばか》などを見て歩いた。それもすべて、生きている住民たちの死者への思いを知るためだった。

ずいぶんと長いまわり道だったような気がするが、それは若い頃からずっと自分のなかに沈潜していたある思いを言葉にするために必要な時間でもあった。

十九歳になった四月に都会の大学に通うために、千葉の突端にある田舎町を出た。東京暮らしを始めて間もなく、高校時代の同級生の訃報が届いた。クラスメートのほとんどは、大学であれ予備校であれ、進学のために東京に出てきていた。

TKは田舎に残っていた。

ある夜、自家用車を運転して対岸の町まで出かけていき、ひと気のない断崖から車ごと落ちてしまった。受験がうまくいかず、田舎に残って受験勉強をしていたらしい。話し相手が誰もいなくなり、孤独に苛《さいな》まれたのかもしれなかった。遺書は残っていなかった。同級生たちは、ロマンティストのTKのことだから、夜にひとりで海を眺めにいって、真っ暗ななかで落ちてしまったに違いない、事故に違いない、と考えた。

でも、真相はわからなかった。畳の部屋にしかれた布団に横たわるTKは、弔問に訪れた同級生たちの息遣いを感じて、いまにもふと目を開けて起きあがってきそうだった。

そのとき初めて命の儚《はかな》さを知った。木の幹にしがみついたまま力尽きて、地面に落ちてしまったセミの抜け殻みたいに、いまこんなに元気な自分も、ひょっとしたら明日死ぬんだ、と思い知らされた。それ以来、TKの死は自分のなかにあり続けた。

ずっと後になって、メキシコや沖縄にいくようになり、その土地の人々の死者に対する向き合い方にひかれるようになった。米墨国境地帯の墓地を訪ね、褐色の聖母〈グアダルーペ〉の墓を探しまわったこともあった。必ずしも豊かな暮らしをしているわけではない人々が何を心の拠りどころにして生きているのか、知りたかった。

僕たちが自分の体内の健康状態を知るために時おり検便をするように、社会が健全であるかどうかは、墓地に行って死者をどう扱っているのかを見ればいいかもしれない。人の便には、その人が普段どのような食生活を送っているのか、貴重なデータが詰まっているからだ。

しかも、それは畑にまけば野菜の飼料となり、新たな生命を育む。人間の排泄物は、ただのゴミではない。そのように、死者や墓地にも過去の膨大なデータが詰まっており、それを生かすも殺すも生きている者たち次第なのだ。

歴史学や考古学という学問は、そうした遠い先祖の残したデータの解析や解釈を専門的におこなうが、学者でない素人《しろうと》だって、親族や知人など身近な死者から貴重なメッセージを受け取り、それを生きる知恵に変えることができる。

墓地には、生きている人たちの精神の健康状態を知る手がかりがあった。墓に花やお供えが飾られていたり、線香が焚かれていたりすれば、そこの住民は死者に優しく、したがってよそ者にもフレンドリーだろうと推測できた。

いま世界のどこかでハイビスカスや赤花を見つければ、それは自分にとって、ＴＫの化身《アバター》だった。もちろん、それはＴＫ以外にも、すでに亡くなってしまった祖父や祖母でも、学生時代に世話になった叔母でもあった。彼らは生きた霊魂となって自分の身近にいた。

キューバには亡くなった人間があの世で精霊となって、この世に生きている者たちの背中を押してくれるという黒人信仰があった。なぜか僕はそうした素朴な「精霊のいる風景」に惹かれたのだった。

ベダード地区の十九番通りとB通りとが交わる交差点に、これまで見たことないような大きな〈青物市場《アグロペクアリオ》〉があった。

プラタノ、アグアカテ《アボカド》、マランガ《サトイモ》、カラバッサ《カボチャ》、とても小さなセボーヤ《タマネギ》やアホ《ニンニク》、アビチュエラ《インゲンマメ》といったありふれた野菜のほかに、他の八百屋では見たことがない珍しい野菜や果物がたくさん揃《そろ》っていた。トマテ《トマト》、フリホレ・チノ《モヤシ》、セボジーノ《ワケギ》のなどが豊富にあった。果物ではスイカ、パパイヤ、マンゴなどのほかに、めったに見かけないマモンシージョ（龍眼）という枝つきの小さな果実まで売っていた。

何軒もの店を行ったり来たりして、結局、カレー用とサラダ用に小さいサナオリア《ニンジン》（二ポンド、三十ペソ）、トマテ（二ポンド、二十四ペソ）、中華スープ用にフリホレ・チノ（四分の一ポンド、五ペソ）を買った。

エレーナは僕が買う店を決めると、まるで宝石を選ぶみたいに真剣に野菜を一個ずつ手に取り見比べた。気に入ったものだけを店の者が差しだす天秤皿にのせた。野菜はすべて違う店で買いそろえた。全部で五十九ペソだった。

キューバ人の平均月収が五百ペソだから、たったこれだけの野菜で月収の十パーセント以上が消えてしまう計算だった。だから、もちろん費用はこちら持ちだった。

〈スサーナ〉に乗り込むときに、僕はちょっとしたパトロン気分でうっとりしていた。

すると、エレーナがそんな僕の自己満足に冷や水を浴びせるかのように、ピシャリと言い放った。

あまりに高価だから〈ブティック〉って呼ばれてるけど、クリスチャン・ディオールみたいに品質が保証されていないのよね！

エレーナは帰りみち、ベダード地区の、通常〈市電通り《リネア》〉と呼ばれている通りにある母親のアパートに寄った。たとえ用事がなくても、ひとり暮らしの母親と一日一回会っておしゃべりする習慣があるようだった。

母親のアパートの数軒先には、大きな国営のパン工場があった。

この工場では政府要人のためだけに作っているらしいのよ。夜遅くに工場の入口にいくと、こっそり一個一ペソで売ってくれるわ。

エレーナが身内の秘密をばらすみたいに言った。

僕はその闇市のシステムに興味を抱いた。ある夜、ビニール袋を持って工場に行ってみた。十ペソとビニール袋を入口に立っていた、猪《いのしし》みたいな怖い顔をした従業員にそっと手渡すと、従業員は外で待つように手で合図をした。奥のほうにいって、しばらくするとパンを入れたビニール袋を持って戻ってきた。動作は顔つきに似合わずに、アフリカ象のようにゆっくりと堂々としていた。まるで違法ドラッグの受け渡しみたいに、お互いに余計な口はきかなかった。

従業員のポケットマネーになるはずだね。

パンの入ったビニール袋をエレーナに渡しながら、僕はそう言った。

夜は工場を仕切っているボスが自宅に帰ってしまうしね。ボスも、少しはお目こぼしをしてあげてるのよ。ひょっとしたら、ピンハネしているかもしれないけど……。

エレーナはまるで闇市の関係者であるかのように物知り顔で言った。

でも、この国で生きていくためには、公務員の安い給料だけでは心細いのよ。どうやったら給料以外のお金を稼ぐことができるか、誰もが知恵を絞ってるってわけ。

ふとある疑問が頭をもたげた。

入口の従業員はひとりしかいないから、そうしたうまい汁を吸えない他の従業員はどうするのだろうか?

エレーナは、まるでキューバのことなら何でも知っているのよ、と言わんばかりに、即座に僕の疑問に答えた。

工場にある小麦粉とかミルクの粉とか、パンの材料をそっと持ち帰って、それを売ってお金に換えるのよ。

葉巻工場で働く者は、〈コイーバ〉みたいな高級葉巻をチョロまかす。レストランで働く者は、牛肉とかエビとかの高級食材をチョロまかす。いずれにしても、外国人観光客のもたらす外貨が目当てなのよ。そうした行為をセコいという人は、モノ不足、金不足の苦しみがわからないのよ。

エレーナのそうした説明を聞きながら、僕は思ったのだった。

キューバ人はモノ不足の社会のなかでセコい生き方を余儀なくされているのであって、人間がセコいのではない、と。

エレーナはさらに饒舌になって、手練《てだ》れの手品師みたいに、もっと面白いエピソードを披露してくれた。

パン工場はシフト制をしいていて、班ごとに勤務時間が決められているのよ。だから、信じがたい話だけど、材料を盗む班と盗まない班の作るパンじゃ、同じ工場でありながら、風味が違ってくる。当然、水増しのパンは美味しくないってことよ。キューバ人はまずいパンには慣れっこなので、我慢できるかもしれない。でも、外国製の高級パンを食べたことがある政府要人のテーブルに、毎回水増しのパンが提供されたら、どうなると思う？　パン工場のボスが呼び出されるかもしれないでしょ。だから、ボスだって、部下にやりたい放題にさせておくわけにはいかないのよ。

そう言って、エレーナはまるで最後の決め手の駒を動かした棋士のように、自信に満ちた表情でこちらを見た。

なるほど、僕にはそのへんのメリハリのつけ方が、なんともキューバ的であるように感じられた。懐が深く、鷹揚に構えていながら、権力者だってときどき引き締めるのだ、と。

エレーナがしたり顔で言った。

そういうときは、パンがいつもよりずっと美味しくなるのよ。

僕はキューバの学校の先生や病院の医者、役所の役人だけでなく、レストランのボーイや料理人、本屋の店員や酒場のミュージシャンやダンサーまで、ほとんど誰もが国家公務員である社会主義国の生活に思いをめぐらした。

すると、エレーナがもっと面白い話があるわと言って、ベダード地区に住んでいる有名な女性歌手にまつわるエピソードを披露した。

それは真実ともジョークともつかぬ話だったが、ひどく僕の記憶に残った。

エレーナは、すでに何度もその話をしたことがある語り部みたいに、滔々《とうとう》と淀《よど》みなく語った。


その有名な女性歌手は、キューバ革命の大義を信じるバリバリの共産主義者だった。あるとき、母親が闇市でめったに出ないビーフを手に入れたらしいのよ。それで、今夜はステーキだよ、と母親は娘にうれしそうに告げた。すると、娘は怖い顔をして母にこう言った。

大きな声で言わないでよ、お母さん。闇市での売買は禁じられているんだから。壁に耳ありよ、誰が聞いているかわかったものじゃないでしょ。革命防衛委員会に嗅ぎつかれたら、お母さん、警察行きよ。こんどから、ビーフじゃなくてＣＤって言うのよ。

それからかなりたったある日のこと、母親が娘の仕事場に電話をかけてきた。

おまえね、きょうはいいことがあったよ。ＣＤが手に入ったんだよ。

それに対して、娘が答えた。

まあ、それはよかったわね。

母親の声がそれほどうれしそうでないので、娘は、それで、母さん、CDは何枚手に入ったの、と訊いた。

すると、母親が答えた。

それがね、お前、半分だけなんだよ！


エレーナに言わせれば、キューバではモノが異常に少ない、たとえモノがあっても値段高すぎて庶民の手に届かない、だから庶民は仕方なく闇市に頼ったりするのだという。ふつう資本主義社会で闇市と言えば、違法ドラッグや違法銃器のやり取りを連想するが、キューバでは日常生活で足りない物資のやり取りにすぎなかった。

それでも、捕まれば刑務所入りなのよ。肉もパンもみんな政治と結びついてる。

エリーナは一気にまくしたてた。

政治家たちは、キューバにはなんの問題もないというけど、ニュースも政府によって統制されてるし……。キューバ政府にとって悪いニュースはテレビでは流されない。政府によれば、悪いのはすべてアメリカをはじめとする外国なのだ。教育と医療はキューバの誇る二本柱だけど、薬局にいっても薬がない。薬局で働いている人が盗むからよ。だから、持っている人のところへいって、高いお金を払って買わなくちゃいけない。必要なモノを買うために、自分が働いているところで盗めるものを盗む。悪循環よね。だから、わたしは三十代のはじめで、共産党員を辞めて、政治と関わらなくなったの。

エレーナの言い分がすべて正しいとは思わなかったが、外国からは見えない内側の人間の話を聞けた、と思った。

8

一年ぶりのサンティアゴ調査に出かける前に、ハバナの民泊で知り合った〈サンテリア〉の黒人司祭に、通過儀礼《イニシエーション》をしてほしい、と頼んだ。

それは〈オルーラの手〉と呼ばれ、生まれついての運勢や守護霊を占ってもらうものだった。オルーラとは、〈サンテリア〉のイファ占いの精霊だった。通過儀礼をして、自分の運命について、オルーラの宣託をいただくのだった。

だが、そうした決心をする前に、牛が一旦飲み込んだ餌を反芻するように、僕は自問自答する必要があった。

日本人の自分が、どうしてアフリカから連れてこられた黒人奴隷たちの宗教を知りたがるのか。ただの知的な好奇心なのだろうか。そうだとしたら、こちらの好奇心の対象になっている人たちにとっては、はた迷惑な話ではないだろうか。はた迷惑でないとしても、それは風変わりな外国の習俗を楽しむ観光客とどう違うのだろうか。

作家の嵐山光三郎がどこかで言っていた。都会人が日本のどこかの田舎で、お百姓さんの田植え姿を目撃して、ああ、のどかでいい風景だな、などと思うのは、よそ者の独りよがりにすぎない、と。

前年に初めてキューバを訪れ、東部のエル・コブレの町で黒人宗教の一端に触れることができた。そのとき、死者の霊が老人に憑依《ひょうい》するのを目撃した。ひとりの人間が魂をむき出しにして、畏怖すべき死者の霊と対面していた。

そのとき僕はあるインスピレーションを得た。こうした憑依をもたらす太鼓儀礼こそキューバの黒人文化の中核をなすものではないだろうか。と同時に、老人の憑依は、死者との接触の手段をほとんど失ってしまった「文明人」たちにとって、というか、自分自身にとって生と死の意味の再考を促してくれないだろうか。そのためにも、まずなんとしても黒人信仰の通過儀礼を自分で体験してみないといけない。このチャンスを逃したら、いつ次のチャンスがやってくるかわからない。

まるでネコに追いつめられたネズミみたいに、必死に黒人司祭にすがったのだった。

二度目のサンティアゴ滞在を終えてハバナに戻ってきた翌日のことだった。お午《ひる》すぎに、三十代半ばぐらいの女性が宿にやってきた。黒人司祭の〈代子《アイハダ》〉らしかった。通過儀礼をおこない、司祭と擬制の親子関係を結んだ女性はそう呼ばれていた。

彼女は背が高く、黒肌の色も比較的薄いほうだった。どこかしら東洋人の面影もあった。司祭によれば、いま職場のボスとうまく行っていないようだった。馘《くび》にされるかもしれないという不安を抱えていて、どうすべきか、代父にアドバイスをもらいに来たのだった。

代父は居間の隅に一畳ぐらいの茣蓙《ござ》を広げた。壁に背を向けて茣蓙の上に両足を広げてすわった。女性は木製の小さな腰かけにすわり、代父と向かい合った。

代父はノートを脇におき、お祈りを唱えると、〈エコレ〉と呼ばれる、鎖のついた占いの道具をつかって占いを始めた。ふたりはその小さな神聖な空間で、小声でやり取りしていた。

代父が一方的に占うのではなかった。女性も黒と白の石のようなものをそれぞれどちらかの手に持って占いに参加した。代父が占い道具を茣蓙の上で何度も振り、運勢がノートに記された。代父は〈イファ〉と呼ばれる体系のなかから運勢を選び出すだけだそうだが、外から見ているだけではよくわからなかった。

ひと通り運勢が決まると、ふたりのあいだで〈相談《コンスルタ》〉がなされた。代父は、運勢の内容を依頼者に伝えた。このふたりのやりとりは、かなり時間がかかった。

初めて見たこの占いには、代父の超能力というか、神がかりな能力はまったく関与していないようだった。むしろ、知的なゲームを思わせる数理の世界だった。

代父に聞けば、この占いには、二百五十六通りの運勢があるという。二の二乗の四、四の二乗の十六、十六の二乗の二百五十六。言い換えると、二百五十六は、二の八乗である。

コンピュータと同じようなシステムを採用しているらしい。友人の物理学者によれば、初期のコンピュータでは、データは8《エイト》ビット(1バイト)単位で処理したらしく、8ビットで表現できるデータの数は二百五十六種類。このため二百五十六という数字はIT(情報技術)関連の話題ではよく出てくるという。

西アフリカで生まれたこの占いのシステムは、コンピュータが開発される遥か昔に、8ビット単位で、この世界の運勢を処理していたことになる。僕には人類に本来備わっていたはずの神がかりの能力はなかった。死者の霊やアフリカの精霊がキューバの人々に憑依するのを見ても、ただ驚くことしかできなかった。

一方、代父がおこなうこの占いのシステムは数学的な思考でやりとりがおこなわれていて、自分にも入っていけそうな気がした。

自分が依頼者になり、代父がどのように占うのか、体験してみるべきだと思った。それは、〈通過儀礼〉の最中にじっくり観察できるはずだった。

その日の夕方近く、宿の女将のマリアに呼ばれた。これから〈タンボール〉があるという。タンボールとは、黒人たちの太鼓儀礼のことだ。唐突なマリアの誘いに乗ることにして、慌ててカメラとノートを小さなバッグのなかにしまった。

宿のある〈友情通り〉から中華街がある〈サンハ通り〉まで、歩いてほんの十分しかかからないが、途中に小さな公園があった。公園にはベンガル菩提樹が植わっていた。沖縄ではガジュマルと呼ばれる大木だった。

緑の大葉が熱帯の日射しを遮《さえぎ》っていて、その下にあるベンチは、熱帯の暑さを避けるための特等席だった。公園の向かい側には、フランボヤンの木が植っていた。沖縄では〈鳳凰木《ほうおうぼく》〉と呼ばれる木だった。長く伸びた枝という枝に鮮血を思わせる真っ赤な花がびっしり咲いていた。

ベンチには花売りの男がすわっていた。自転車の荷台に花を入れた箱を載せて売り歩いていたが、いまはひと休みしているらしかった。

マリアはその花売りから、〈アスセナ〉という、清々《すがすが》しい香りのする白い花を十本ほど買った。これから行くところは、彼女の代母《マドリーナ》の知り合いの家らしかった。代母はかなりの年配女性で、当然、黒人だった。白人のマリアが黒人信仰〈サンテリア〉に入信するときに世話になって以来、ずっと「母娘関係」を結んできた。

いまマリアは〈サンテラ〉と呼ばれる女性司祭だったが、その資格を得るために白装束で過ごす一年間の修行〈アセールセ・サント〉もその代母の指導のもとでおこなった。代母は薬草をつかった〈オサインの儀式〉のことにも、貝殻をつかった〈ディログン占い〉のことにも詳しかった。

だから自分は代母をとても信頼しているのよ。尊敬もしている。

巨体のマリアは、そのように早口で自分の女師匠の情報をこちらに授けながら、埃っぽい路地を先導した。公園から歩くこと十五分、コロニアル風の大きな建物がたち並ぶ一角にたどり着いた。正面の大きな木製の扉に、人ひとりが出入りできるくらいの木戸がついていた。通常の出入りは、この小さな木戸をつかっていた。

マリアが木戸の横についている呼び鈴を押すと、二階のバルコニーから少女が顔をだした。少女はマリアの顔を見ると、まるで自分の縄張りを荒らしにきたライバル猿でないことを確かめた子猿みたいに安心した顔を見せて、なかに引っ込んだ。

少女が内から錠を外してくれた木戸を抜けて、一歩足を踏み入れると、そこは大邸宅の趣きで、昔は玄関ホールとしてつかわれていたらしく、吹き抜けの大きなスペースがあった。

右手にある石造りの立派な階段を登っていった。二階に上がると、いくつもの部屋が並んでいた。マリアは、最初の部屋のドアを開けた。

ドアの脇を抜けると、マリアはただちにここの女主人を見つけ、いかにもオチュンの子らしく愛想のいい笑顔を浮かべながら持参した花束を渡した。左手の奥のほうを見ると、小さなテーブルの上に死者の霊に捧げる、いくつものグラスに入った聖水〈ボベダ・エスピッアル〉が飾られていた。〈ボベダ・エスピッアル〉とは、十九世紀にヨーロッパからキューバに持ち込まれた降霊術が大流行したときに、黒人の間にも浸透した風習だった。宗教的な混淆をしめすかのように、中央におかれたグラスのなかには、黒人信仰なのに、磔《はりつけ》のイエスの十字架が入っていた。テーブルの奥のほうには、緑と黒の服をまとった黒人人形が鎮座していて、葉巻が供《そな》えられていた。鉄をつかさどる精霊オグンの化身だった。ここの主人の守護霊がオグンなのだろうか。

右手の奥のほうには、特設の祭壇が作られていた。中央には、大きな花瓶がおかれ、薄いピンク色のグラジオラス、花弁の小さなひまわり、香りのよい白いアスセナ、緑色のアルバカの葉、紅色のバラの花など、色とりどりの花や葉が飾られていた。

その背後の壁には、アレカと呼ばれる扇状の葉や、かぐわしい匂いを放つベンセドルの小枝がきれいに配置されており、緑の森を演出していた。キューバのアフリカ系の人々は、都会の狭苦しい部屋を広大な緑の野原や森に変える創意工夫の名人だった。

マリアは出かける前に〈タンボール〉と言っていたが、きょうここでおこなわれるのは、〈死者の霊《エグン》に捧げるカホン〉らしかった。

演奏は〈バタ〉と呼ばれる〈サンテリア〉の太鼓ではなく、箱型の打楽器〈カホン〉だった。鉦《かね》と瓢箪《ひょうたん》の楽器〈ギロ〉が加わって、いちだんと賑やかになるようだった。キューバ東部のやり方らしかった。歌は、司祭《サンテロ》が最初の一節を唱えると、それと同じ節を参加者が全員で復唱した。たとえば、エレグアの歌では——

（司祭）
エレグア　ナド　ケレケレ　イエウン
エレグア　ナド　ケレケレ　イエウン
ケレケレ　イエウン　ナド　アゴロリサ

（コーラス）
エレグア　ナド　ケレケレ　イエウン
エレグア　ナド　ケレケレ　イエウン
ケレケレ　イエウン　ナド　アゴロリサ
（エレグアとオグン／オリチャの色の布）

同じ節を同じリズムで何度も繰り返すうちに、みんなの気分が高揚してきた。もちろん、会場では葉巻やラム酒がふんだんにふるまわれていた。打楽器カホンや鉦のリズムに合わせて踊って歌うのだから、脳内にエンドルフィンが蓄積されるのだ。エンドルフィンは、モルヒネと同様の鎮痛作用があり、多幸感をもたらす。それによって、神がかりになる人が続出した。

エレグアの歌では、エレグアを守護霊とする信者にその精霊が乗りうつった。信者はエレグアの踊りをまさに精霊になりきって踊った。放っておくと、半意識の状態で自由奔放に部屋のなかを動きまわり、何かにぶつかったり、頭から倒れたりして危険なので、誰かがそばに付いてやらないといけなかった。

僕は踊りや歌には加わらずに、集会者の輪のいちばん外側から観察していた。太鼓儀礼について気づいたことをノートにメモしたり、人々の様子を眺めたりしていた。最初から調査のつもりで来ていた。

宴もたけなわになったとき、儀式をとりしきっていた司祭がいきなり僕を中央にくるように呼んだ。

司祭は血相をかえていた。まるで死者の霊が司祭に憑依したかのようだった。参加者たちによって中央に引きずりこまれた。みなに取り囲まれるなか、司祭は僕のメガネを乱暴にはぎとり、メガネは床に飛んでいった。

司祭に胸ぐらをつかまれ、引き寄せられて、〈死者の霊《エグン》〉からの口寄せをほどこされた。司祭からはラム酒の匂いがぷんぷん漂ってきた。とはいえ、司祭の声には、ただの酔っ払いとはちがう厳かな響きがあった。

マリアがすぐにそばに寄ってきて通訳を買ってでて、〈死者の霊〉が何を言っているのか、僕に伝えた。

現在、主な仕事のほかに別の仕事をやっているの？　とマリアが訊いた。

奇妙な質問だと思いながら、やっている、と小さい声で応じると、マリアがやっていると〈死者の霊〉に伝えた。

将来、そうとうお金が儲かる、とマリアが言った。

こちらが何も答えないでいると、司祭はふたたび口を動かした。

そのためにも、亡くなったお前の祖父のために、花やろうそくや線香をお供えする必要がある、とマリアは付け加えた。

司祭の目はうつろだった。

こちらはわかった、とかろうじて言うことができた。

死者の口寄せから解放され、メガネを返してもらい、僕はひとりで部屋の隅のほうに行った。自分が恥ずかしかった。

せっかく仲間に入れてもらえるいいチャンスだったのに。部外者として覗き見しているから、勘の鋭い人に見透かされてしまうのだ。

いままた、自分が「よそ者の独りよがり」にどっぷり侵《つか》っていることに気づかされた。この先、キューバ文化の深層を探りたければ、外から覗き見したりしていてはダメだ。部外者の安全な鎧《よろい》などは脱ぎ捨てないといけない。

そう思い知らされたのだった。

9

司祭のラサロ・アラインが古びてゴツゴツした杖《つえ》をリズムよく床に打ちつけてリズムをとりながら、〈死者の霊《エグン》〉に捧げる歌を先導した。

アウンバ　ワオリ
アウンバ　ワオリ
アワ　オスンアワ　オマ
レリ　オマ　レヤオ
アラ　オヌ　カウレ

〈死者の霊《エグン》〉に捧げる儀式は、〈オルーラの手〉と呼ばれる通過儀礼《イニシエーション》の最初の儀式だった。先祖霊たちをこの世に降臨させて、一緒に通過儀礼を祝うのである。

通過儀礼の主な目的は、入信者の固有の運勢と守護霊を占うことである。だが、実際に司祭が占いをおこなうのは、三日目のことだった。それまでに、いくつもの儀式をしなければならなかった。

サンティアゴからハバナに戻ってくると、代父《パドリーノ》になってくれた黒人司祭は、三日後に〈オルーラの手〉をすると言った。

すでに代父は精霊に捧げる動物の手配や、参加してくれる司祭の手配など済ませていた。そのほかにも、入信者のための「戦士たち《ロス・ゲレロス》」の準備や、薬草の収集など、やるべきことが多かった。今回の通過儀礼をおこなうことで、僕と黒人司祭とは一種の「親子関係」を結ぶことになった。代父はずっと若く、いま三十九歳で、司祭歴は五年だった。それでも、キューバでの僕の「父親」であることに違いはなかった。

代父によれば、弟のラサロ・アラインが〈オユボナ〉になってくれるという。第二の父親代わりだった。代父に万が一のことがあった場合に助けてくれるのだという。

日々の暮らしのなかで、代父に占いを頼むことは、スペイン語で〈相談《コンスルタ》〉と呼ばれていた。専門家や医者に、助言を求めるのと同じである。

信頼できる「親子関係」に基づいて、悩みを抱えた人たちに当座の解決策を与える司祭は、まるで心理カウンセラーみたいだった。

別にこちらから頼んだわけではないが、代母《マドリーナ》には、宿の女将《おかみ》で〈サンテリア〉の女司祭《サンテラ》のマリアがなってくれるという。

〈死者の霊《エグン》〉に捧げる儀式では、マリアや彼女の子供たちも交えて、参列者は全員ラサロ・アラインのまわりに集まって、〈死者の霊《エグン》〉に捧げる歌を繰り返した。

〈死者の霊《エグン》〉に捧げる儀式は十分足らずで終わった。最後に、ラサロ・アラインがココナッツの欠片《かけら》で〈オビ占い〉をした。代父によれば、〈オビ占い〉で死者たちがその儀式に満足したかどうかを確かめたようだった。

それから、代父は〈エフン〉と呼ばれる、卵の殻で作られた白い塊《カスカリーヤ》を手のなかで砕いて、白い粉を一人ひとりに渡した。

ババロデ　ニレフン
ババロデ　ニレフン
ニレフン　マニレ
ババロデ　ニレフン
（父はエフンをつける／長生きするように）

みながやっているのを真似て、両手のなかの白い粉を顔にちょっと塗り、残りの粉を死者の立板と鳩の死骸の上に振りかけた。

ラサロ・アラインが近寄ってきて言った。

顔を白く塗るのは〈死者の霊《エグン》〉に悪さをされないためなんだ。畏れおおい〈死者の霊《エグン》〉に対しては、素顔のままでいるのは危険だからさ。

ラサロ・アラインはそう説明した。

ラサロ・アラインとは、この日初めて会った。代父と違って、喋るときも歌うときも高音でよく通る声だった。〈死者の霊《エグン》〉に捧げる歌が終わると、僕はラサロ・アラインに尋ねた。

いま三十一歳で、守護霊はチャンゴーだよ。司祭歴は八年さ。

台所には腰ぐらいまである古色蒼然とした細長い板が立てかけられていた。立板の前には、白い皿の上に蝋燭が一本灯されていた。その他に、グラスに入ったラム酒、コーヒー、オレンジジュース、皿に載せた葉巻などが供えてあった。すでに、立板にはラサロ・アラインの手で鳩の血が捧げられていた。

ラサロ・アラインは、まるで小学生に教えるベテラン教師みたいに、やさしく説明した。

この立板はね、〈死者《エグン》〉の化身なんだよ。あんたはこの世で一人で生きているんじゃない、先祖をはじめとする死者たちと一緒に生きてるんだ。そんな〈死者《エグン》〉との繋《つな》がりを再確認するために、いつも最初に死者を呼び出す歌をみんなで歌うんだ。

そんなラサロ・アラインの説明を聞いて、ふと僕は思った。

確かに、先祖がいなければ、自分たちも生まれてこない。でも、人間は死んだらどこに行くのだろうか。霊魂は、果たして存在するのだろうか。存在するとすれば、それはどこへ行くんだろうか。

ラサロ・アラインはとっておきの餌を愛猫に差し出すみたいに、したり顔をして答えた。

アフリカのヨルバ族の人々にとって、宇宙はヒョウタンを横にしたような形をしていて、死者の霊魂はヒョウタンの上半分の世界（あの世）に行くんだ。下半分の世界がこの世で、オレたちが生きている。あの世とこの世には、目に見えない境界があって、オレたちは向こうの世界に行かれない。だけど、あの世にいる死者の霊魂は、司祭が床に打ちつける杖の音や太鼓のイズムやオレたちの歌によって、この世にやってくることができるんだ。だから、死者はのんびりあの世でつくろいでばかりいられない。

そう言って、ラサロ・アラインは、まるであの世の死者から聞いた秘密だよ、と言いたいかのように、ウインクをしてみせた。

〈通過儀礼〉があるたびにこの世に呼び出されて、生きている人間たちにエネルギーを与えなきゃならないからさ。

きっとラサロ・アラインはこれまでに何度も同じ説明してきたに違いなかった。

もちろん、〈死者の霊〉に捧げる歌は、第一に死者の供養のためにおこなうものだろうが、こんなふうに新しい信者の〈通過儀礼〉があるたびにみなで歌っていれば、きっと生きている者たちにとっても、この世に生を受けた意味を問い直す機会になるかもしれない。

これを日本風に解釈すれば、キューバのヨルバ族の人たちは、お盆の行事やお彼岸のお墓参りを日常のなかでしょっちゅうおこなっていることになる。だから、日常生活のなかで死者と接触する機会が多くなる。死者のなかで暮らしていることに気づかされる機会が多くなる。

とはいえ、僕はまだ死者に囲まれて生きているという実感を持っているわけではなかった。

そうはいっても、〈死者の霊〉は生きているオレたちにいいことばかりするわけじゃないよ。

ラサロ・アラインは、まるで興味を持ったお客に在庫品をうまく売りつけるセールスマンみたいに巧みに、まだこちらの知らない世界があることをほのめかした。

この世で犯罪を犯したり、無残な死に方をしたりした人間の霊魂は、しばらくこの世にとどまって、生きている人間に「悪さ」をするんだ。密かに事故や怪我をおこさせたり、わざと不運な出来事に遭遇させたりして……。時折、自然災害を起こして、オレたちを懲《こ》らしめる。だから、死者は、妙な言い方だけど、死んでいても怖い存在なんだ。いま世界中でいろいろなゾンビ映画が制作され、人気を博しているけど、その理由がわかる？

ラサロ・アラインは、〈死者の霊〉をめぐる次なる「在庫品」の説明に移った。

一九三〇年代初期のハリウッドのゾンビ映画じゃ、ハイチのヴードゥ教の司祭が魔術をつかって死者を墓場から蘇《よみがえ》らせて死者を操ってたんだ。死者は意志を持たないで、ヴードゥ教の司祭の言いなりになるだけだったんだね。一九六〇年代になって、ジョージ・ロメロっていう監督が出てきて、司祭の登場してこないゾンビ映画を作ったんだ。こちらのゾンビは自分の意志を持ってて、生きた人間を襲った。おまけに吸血鬼ドラキュラの要素も加わって人に噛みつき、噛みつかれた人間もゾンビになるんだ。

その後、世界中で制作されたゾンビ映画は、このロメロ型のパターンを踏襲している。つまり、襲われた被害者がゾンビになり、今度は自分が他の人を襲うというパターンさ。

ヴードゥ教やキューバのアフロ宗教〈パロ・モンテ〉じゃ、初期のゾンビ映画みたいに司祭が〈死者の霊〉をコントロールして、生きた人間の世界に異変をおこさせると信じられている。死者を骨抜きにして奴隷にしてしまうとか、〈死者の霊〉に獰猛な動物を憑依させて、敵を襲って復讐をはかるとか……。

でも、オレたち〈サンテリア〉の司祭《ババラウォ》は、依頼者の怨念を晴らすような呪術をしないことになっているんだ。呪術というのは、西洋人のいう「黒魔術」だけど、基本的にそれはやらない。それでも信者のなかには「黒魔術」をつかった敵の攻撃を恐れる者もいるから、オレたちだって、その分野の知識は持っていなきゃならない。信者に頼まれたら、敵の呪術に対抗しなきゃいけないだろ。

ラサロ・アラインはそういって、あたかも難しい科目を教えきった先生みたいに、満足げにウインクした。こちらもめったに聞けない難問の解き方を教わった予備校生みたいに得した気分だった。

そのとき、代父がラサロ・アラインの名前を呼んだ。ラサロ・アラインは次の儀式の部屋に入っていった。

代父の息子サンチェスと実父エドゥワルドも司祭として参加していた。彼らは水を入れた盥《たらい》や頭陀袋《ずだ》に入れた薬草などを儀式の部屋に持ち込み、ドアをしめてしまった。

儀式の部屋といっても、夫婦の寝室のベッドを壁に立てかけてスペースを作り、儀式の部屋に改造したのだが……。

ビーズでできた腕輪《イデ》を取りにきた代父は、部屋に戻るときに目配せしてそっと言った。

これは秘儀だから見せられないけど、ドアのそばで聞いていてもいいぞ。

僕はノートとボールペンを手にして、ドアの脇に小さな腰掛けをおいて、そこにすわって耳を澄ませた。

テンテレ　クン　エウェ　オダラ
テンテレ　クン　エウェ　オサイン
テンテレ　クン　エウェ　オダラ
テンテレ　クン　エウェ　オサイン
（テンテレ　クン　薬草は素晴らしい／テンテレ　クン　薬草は精霊オサイン）

ここでもラサロ・アラインが先導して、最初のフレーズを歌い、他の司祭たちが同じフレーズを復唱している声がドアの向こうから聞こえてきた。
おそらく、いくつもの薬草を手で絞りながら歌っているのだろう。何度も同じフレーズを繰り返していた。

アママイア　　　　　　（別の声）イア〜　イア〜　イア〜
ボボ　ボボ　エウェ　（別の声）エウェ〜　エウェ〜　エウェ〜
ボキボ　エボ　　　　（別の声）エボ〜　エボ〜　エボ〜

ボボ　ボボ　オミ　　　（別の声）オミ〜　オミ〜　オミ〜

バモアセール　オサイン　（別の声）オサイン〜　オサイン〜　オサイン〜

（すべての薬草／厄祓い／すべての水／薬草絞りをしよう）

司祭たちが部屋から出てきたのは、一時間後だった。なかに入ることを許されたので、恐る恐る入っていった。部屋の中央にふたつの甕《かめ》がおいてあり、ひとつのほうには濁った水が、もう一方には透明な水が、ちぎれた葉っぱと一緒に入っていた。

若いサンチェスがびしょびしょになった床を雑巾で拭いていた。ふたつの甕に顔を近づけて匂いを嗅いでみると、少し甘い匂いがした。透明なほうの水は、山奥の川の水のように澄んでいた。興味深そうに甕のなかを見ていると、サンチェスが言った。

それ、〈オミエロ〉っていうんだよ。

こっちのほうはすごく透明だね。

僕がそう言うと、サンチェスが大袈裟に肯《うなず》いて、司祭として新米の信者にアドバイスができる機会を逃さなかった。

あんたは小さなペットボトルに入った透明なオミエロを三日間飲むんだ。そして、濁ったほうの〈オミエロ〉で三日間、体を洗って浄めるんだ。〈オルーラの手〉っていうのは、運勢を占うだけじゃなく、あんたが身を浄めて生まれ変わるための儀式なんだ。

代父がやってきて、森の精霊オサインをめぐる神話のひとつを教えてくれた。

オサインとオルンミラ（オルーラの別名）はライバル同士だった。オサインはいつも呪術をつかってライバルの仕事を台なしにするのだった。そこでオルンミラは占いをした。すると、おんどり、パイプ煙草、魔法の粉、マッチでエボ（生贄を伴うお祓い）をするようにというお告げがくだった。生贄につかった動物を包んだものを山に捨てに行くのは道をつかさどる精霊エレグアの役割だった。しかも、パイプ煙草をくゆらしながら、山を一周しなければならないというお告げだった。

エレグアがパイプの先をコツンと叩いて吸殻を捨てると、灰が飛びちり、オサインが隠れていた山が火事になった。全身に火傷《やけど》を負ったオサインはオルンミラに助けを求めにきて、オルンミラが厄祓いをしてやった。それで、オサインは命拾いしたが、その火傷で片目、片脚、片腕を失って、オルンミラとの戦いに敗れたのだった。

この神話は、占いでこの世での運命を知ることを許されたオルンミラの側に立ったものだった。植物や樹木だけでなく、動物や鉱物についての知識も豊富に持っている森の精霊オサインは、もし不具になっていなければ、オルンミラの座をおびやかしていただろう。だから、オサインの「奇形」は、並外れた貴種の証《あかし》、つまり「聖痕《スティグマ》」なのかもしれなかった。

代父がオサインにまつわる神話のひとつを僕に授けているあいだに、ラサロ・アラインとサンチェスは入口の通路に手足を縛られていた動物たちをベランダに移す作業に取りかかっていた。黒い牡山羊が一頭、白黒の斑らの牝山羊が一頭、雌鶏《めんどり》が四羽、雄鶏《おんどり》が二羽、白鳩が一羽だった。それから、あとで渡されるはずの〈戦士たち《ロス・ゲレロス》〉、すなわちオスン、エレグア、オグン、オチョシと、代父の〈戦士たち〉もベランダに並べられて勢ぞろいしていた。

司祭たちは歌を歌いながら、〈戦士たち〉に動物を生贄として捧げる儀式に取りかかった。

アワニレオ　オグン　マリヲ
アワニレオ　オグン　マリヲ
オグン　オ　フォモデ
オニレ　アベレ
マリヲ　オグン　デ　ババ
（腰蓑をつけたオグンを称えにやってきた／切れる刃／腰蓑をつけた父なるオグン）

生贄の儀式は、鉄をつかさどる精霊オグンへの生贄から始まった。その後、残りの精霊にもそれぞれの歌を歌いながら生贄を捧げたのだった。ひと通り動物の生贄が終わると、ベランダのコンクリートの床は精霊たちに捧げられた血で真っ赤に染まった。

血の上に、司祭たちは鶏の羽を毟《むし》って散らした。なぜか僕はこの血みどろの儀式に残虐な印象を受けなかった。むしろ、人間が日々の暮らしのなかで動物の生命を犠牲にして、動物の肉を食らいながら生きているということを実感する機会となった。

現代の先進資本主義の国の屠畜業は、動物を精肉工場で効率的に殺して商品化している。それに対して、こちらの生贄の儀式は、それとはまったく正反対だった。一匹殺すたびに、精霊への感謝の歌をいくつも歌う。原始的で非効率的だった。だからこそ、この世の動植物に敬意を持つことの大切さを思い出させてくれるものだった。

精霊たちに動物の生贄を捧げるこの儀式で、通過儀礼の一日目は終わった。

10

黒人司祭たちが入信者の生まれついての運勢を占う三日目のことだった。

朝の九時すぎに呼ばれて、四人の司祭たちと一緒に食堂のテーブルについた。丸パンに卵の目玉焼きとハムをはさんだだけの簡単なものだったが、質素な庶民の食事からすると、豪華に映った。飲み物も搾りたてのマンゴジュースだった。

確かに〈サンテリア〉は宗教に分類されるかもしれないが、教会というかお寺に当たるものがなかった。司祭の家で、密かに占いや動物への生贄がおこなわれていた。別に違法ではなかったが、これ見よがしに人に見せるものでもなかった。

〈サンテリア〉には、勿体ぶった儀式を何度もくり返して、人からカネや土地を巻きあげる新興宗教教団のようなあざといシステムはなかった。おこなう儀式は、擬制の親子関係を結ぶこの三日間の〈入信式〉が最初で最後だった。

あとは、日常生活のなかで困ったことや悩みごとがあるときに、代父の家で占いをしてもらい、アドバイスをもらうだけだった。

この日は、宿の女将マリアも朝早くに起きていたが、手伝いにやってきたローサやグアヒロのふたりに料理を任せていた。ローサとグアヒロはマリアの友人で、近所に住んでいた。一度ふたりの住んでいるところを訪ねたことがあった。

マリアによれば、前に住んでいた建物が火事か何かで崩落して、公共の救済施設に一時的に退避しているらしかった。そこは古いビルのなかにあって、天井の高い体育館みたいなところだった。やたらに広いスペースがたくさんの簡易な衝立《ついたて》によって仕切られていて、その狭い空間にベッドがおいてあるだけだった。あまりに飾り気がなく、まるで野戦病院のようだった。

昼間でも薄暗く、陰湿な感じだった。そんなわけだから、夜はよくマリアの宿にやってきて、世間話をして時間を潰《つぶ》すのが常だった。ローサはそんな境遇ながら、弱音を吐かなかった。

グアヒロは口数が少なく、実直な感じの男だった。もちろん、「素朴な田舎者」という意味の〈グアヒロ〉というのは、彼のニックネームだった。

東部のグアンタナモ州出身だとは聞いていたが、僕はグアヒロの本名を知らなかった。

おめでとう!

台所に様子を見にいくと、ローサが声をかけてきた。

グラシア、ローサ!

いつものようにハバナ語で挨拶した。

きょうはめでたい日だよ、張り切らなきゃね。

そうローサが子犬みたいな素敵な笑顔を見せた。

グアヒロは、まるで大木に隠れる子供のように、年上のローサのそばに寄り添っていた。グアヒロは着ていたシャツを脱いでしまい、いつものように上半身は裸だった。

ふたりは冷凍庫にしまってあった、おととい生贄にした動物の肉を包丁で細かく切って、鍋で調理していた。鍋の煮汁から、腹をすかせたのら猫たちが集まってきそうな、なんとも香ばしい匂いがしてきた。

それぞれの精霊に別個の動物をお供えするので、肉はまぜこぜにしなかった。

山羊の肉なんて、滅多に食べられないものね。

そうローサがいって、鍋のなかで煮えている肉の塊をお玉で掬いあげた。

へえ、それが山羊の肉なのか！

実は、羊の肉も山羊の肉も見分けがつかなかった。

うちの人、山羊の肉が大好物なのよ。田舎にいた頃、お祝いの日に山羊の肉が料理に出てきて。

そうローサがいいながら、肉の入ったお玉をグアヒロのほうへ向けた。

お前も好きだろ。そうグアヒロが同意を求めてきた。

羊は好きだから、たぶん……。

羊とはちょっと違うんだけどな。

グアヒロはそれ以上に何かいいたそうだったが、口をつぐんでしまった。ハバナっ子と違って、グアヒロは自分の意見を人に押しつけるのが好きでなかった。

そのとき代父が僕を呼んだので、台所を離れて、テーブルで食事をしている黒人司祭たちのところへいった。司祭は全部で四人いた。

代父のほかに、その息子のサンチェス、弟のラサロ・アライン、それから代父の弟子で、司祭になりたてのプーピーだった。

あとから、代父の父親のエドゥワルドが郊外のマリアナオ地区からやってくる予定だった。だから、今日の占いには、五人の司祭が立ち会う予定だった。

お前も食べるといい。

そう代父がいい、サンチェスとラサロ・アラインのあいだに席を空けさせた。

プーピーがパンの載った大きな皿をこちらに差しだした。

目玉焼きの先っぽが丸パンから突き出ているものを一個手に取ったが、プーピーはもっと取れ、といわんばかりに顎で合図した。

プーピーは、グアヒロと同じようにがっしりとした体型をしていたが、お腹のまわりはグアヒロ以上に膨れていた。ふたりとも鉄の精霊オグンが守護霊で、実直さが取り柄だった。

ラサロ・アラインが甲高い声で、プーピーをからかった。

こいつは日本人だから、お前たちブタみたいに、朝からそんなに食わないよ。

ラサロ・アラインの守護霊は太鼓をつかさどる精霊チャンゴーで、場を明るくする名人だった。

そんな言い方するのは、ブタに失礼っていうもんだよ。

いちばん若い、愛情をつかさどる精霊を守護霊とするサンチェスがそういって混ぜ返した。

プーピーの食いっぷりはブタというより象だよ。

いや、ガマガエルだな。

そう代父が煽《あお》った。

それを聞くと、サンチェスが、ぶああ、ぶああとガマガエルの鳴き声の真似をした。

プーピーを除いた全員の司祭たちが笑った。

あとで代父に聞いたところでは、プーピーの持って生まれた運勢は〈オサ・レテ〉という運勢で、その特徴として「植物の知識」に長けているらしかった。それは、薬草や植物をつかさどる精霊オサインに守られている運勢であり、プーピーは都市のなかで自然派の志を持って生きると、最も能力を発揮できるのだった。

一方で、この運勢には、カエルの鳴き声がうるさくて、人類の父なる精霊オバタラが心の平静を乱されるといった逸話も出てくるという。だから、その運勢の人が完全に自然に身をゆだねることは危険でもあるらしかった。

代父によれば、〈サンテリア〉の思想では、「自然派の志を持って生きる」のは、諸刃の剣なのだった。それは片足、片腕、片目の精霊オサインの神話が示唆するところだった。

この朝食の前に、太陽神に祈りを捧げる〈ナンガレオ〉という儀式があった。ここでも、プーピーは、みんなから太陽神に捧げるミルクを飲みすぎるなよ、とからかわれていた。

ローサやグアヒロ、宿の女将をはじめ、その場にいた全員がベランダに出て太陽に感謝を捧げた。

通常、外でおこなう儀式も、ハバナのような都会のマンションでは、ベランダで代用するしかなかった。

ラサロ・アラインが歌の口火を切った。参列者が全員で「ナンガレオ」とつづけた。

代父を先頭に司祭たちがひとりずつ小さなヘチマの容器を手に取り、大きなボウルからココナッツミルクを掬いとり太陽に捧げ、それから自分の口に含んで残りを、大地代わりのベランダの床に撒《ま》いた。自分の番がやってきて、右手で容器を持とうとすると、サンチェスが左手で持つように注意した。残ったミルクをベランダの床に撒こうとしたときも、反時計まわりに撒くように指示された。

その理由は教えてもらえなかったが、司祭たちはそうした所作の細部にはうるさかった。代父がそっと説明してくれた。

太陽はルクミ語で〈オルン〉というんだ。〈オルン〉は太陽だけでなく、空全体や天上界をも意味する。オレたちは太陽に感謝して、宇宙の摂理《オロドゥマレ》に敬意を捧げるんだ。

カトリック教会の支配する奴隷時代には、アフリカの精霊を拝むことはできなかった。だから、奴隷たちはそっと心のなかで拝むようになったんだ。そのことで、かえってアフリカの精霊はアチェ（霊力）を発揮することになった。

代父の説明を聞いて、まるで日本の「納戸神《なんどがみ》」のようだなと思った。あとで調べてみて面白いと思ったのは、この〈ナンガレオ〉という、一種の「太陽信仰」を表す儀式は、アフリカのヨルバランドにはないということだった。キューバだけでおこなわれている儀式だという。

カリブ海に連れてこられたアフリカの離散《ディアスポラ》の民がどのようにして〈ナンガレオ〉を通過儀礼《イニシエーション》のなかに組み込むようになったのだろうか。

ひょっとしたら、メキシコやグアテマラのマヤ族の「太陽信仰」の影響を受けているのかもしれないし、もともとカリブ海の先住民たちのあいだに「太陽信仰」があってその影響を受けたのかもしれなかった。

だが、その歴史的な経緯はわからなかった。

いずれにしても、アフリカの離散の民は有益だと思えるものはなんでも摂り入れる貪欲さを備えていた。そうしないと、生き延びることができないからだった。困難辛苦が彼らを精神的、霊的に強くしたのだった。

朝食を終えると、司祭たちはそそくさと儀式の部屋へと入っていった。二十歳《はたち》前の若いサンチェスがキッチンにひとり残って、これからやることを説明してくれた。だが、あまりに早口すぎて半分もわからなかった。

ときたま文章のあいだに挟まれる「てやんで」というセリフが耳についた。日本語の「なにいってやんで」を短くしたような感じの「てやんで」である。もともと威勢のいい江戸っ子のようなところのあるサンチェスだから、テレビで日本の時代劇でも見て覚えたのかもしれなかった。

なんといっても、かつて勝新太郎主演の映画『座頭市』が大人気を博した親日国キューバのことだった。だが、それは「理解する」という意味の動詞（エンテンデール）の活用形で、サンチェスは何度も「エンティエンデ（わかるか）？」と聞いてくれていたのだった。自分の語学力の貧弱さに愕然となった。

サンチェスに連れられて儀式の部屋に入っていくと、いちばん奥の壁に背を向けて、代父が茣蓙《ござ》を敷いた上に両足を広げてすわっていた。その前には占いの盆と、占いの道具の入った容器が置いてあり、両脇にはロウソクが二本灯っていた。

代父が正面にある小さな腰掛けにすわるように指示した。

心配しなくてもいい。

代父は優しくいった。他の司祭たちは、こちらを遠く取り巻くように椅子にすわっていた。プーピーが書記の役をするらしく、代父のそばにすわって、膝の上に大型のノートを開いていた。

代父がルクミ語で呪文を唱えた。

呪文は〈モユバ〉と呼ばれる、どんな儀式でも最初に唱えるものだった。その呪文で精霊たちや亡くなった高徳の司祭たちの霊を呼び寄せるのだった。

それから、代父は占いの盆の上に茶色い粉《イェファ》をまぶし、右手の中指と薬指をつかって、その粉の上に一本あるいは二本の線を引いていった。

それらの線のパターンには、こちらにはわからないシステムがあるようで、代父はその線引きを間違わないように慎重におこなった。

それから、十六個の小さなヤシの種を使って占いを始めた。こちらにはやることがなく、ただその占いを上から見ているだけだった。

代父はヤシの種を何度も左手から右手に持ちあげ、左手のなかに残った数に従って、盆の上に線を引いていった。ときたま、プーピーに合図を送ると、プーピーがノートにそのパターンを記した。すべてルクミ語なので、さっぱりわからなかったが、占いの後半には、こちらにもやることはあった。代父から手渡される白い石と黒い木の実を両手に持ちそれをジャグリングして、それぞれの手に一個ずつ持ち、代父が指示するほうの手を開いた。

そこに白い石があれば、占いが確定した。黒であれば、もう一度やり直し。

そんなふうにして、小一時間たっただろうか、うっすら額に汗をかいている代父が言った。

〈オグンダ・ケテ〉だ。

二百五十六通りあるなかで、それが僕の生まれついての運勢だという。こちらも占いの儀式を見ているだけで疲れてきたが、実は、ある意味でここからが本番なのだった。

居合わせた司祭たち全員によって〈オグンダ・ケテ〉という運勢の解釈がなされるからだった。司祭歴の浅い順に、プーピー、サンチェス、エドゥワルド、ラサロ・アラインがひとりずつ、プーピーによって特殊な記号が記述されたノートを持ち、この運勢にどういう特徴があるのか、この運勢の者が気をつけるべきことなどを説明した。

代父は黙って聞いているだけだった。だが、ときどき他の司祭がいいアドバイスをすると、お見事と言わんばかりに、右手に持った鹿の角で占い《イロファ》の盆を強く叩いた。

司祭たちの早口のスペイン語は半分もわからなかった。

だが、ひととおり儀式が終わった夜に、代父が〈オグンダ・ケテ〉という運勢の要点を教えてくれた。

この運勢の者にとって、思慮分別（慎重さ、口の堅さ）という知恵が最も大事なものだ。自分自身の人生をコントロールするために、そのことを忘れないように。逆に言うと、この運勢の者は、思慮分別を失いやすいということだ。思いついたら突っ走りやすい。取り返しのつかない大失敗を招く。だから、常に思慮分別を持って行動すること。そうすれば、うまくいく。

それから、この運勢には「他人に自分の秘密を託す者、その奴隷になる」という格言が付随している。お人好しで、それほど親しい者でもないのに、自分の大事な秘密をぺらぺら打ち明けたがる。

格言にある「奴隷」というのは比喩だが、実際に、かつて奴隷であったアフリカ人の子孫からのアドバイスだから、その言葉にはリアリティがあった。それでなくてもお前は奴隷なのに、その上なにを好んで他人の奴隷なんかになりたいのか！　というわけである。

最後に、こちらの心に最もグサッと突き刺さった、代父からのアドバイスはこうだった。

この運勢の者には、大勢の敵がいて、そのなかで最も手強《てごわ》い敵は女性なんだ。

自分のような女性好きで、脇が甘い人間はどうすればいいのだろうか。

代父が〈オグンダ・ケテ〉にまつわる神話《パタキ》のひとつを披露してくれた。

ある時、〈オグンダ・ケテ〉という名の男が、むかし暮らしていた村に戻ったという。そこには敵が何人もいた。〈オグンダ・ケテ〉はある女性に出会い、好きになり、あとで山で会おうと彼女を誘惑した。実は、この女性は〈オグンダ・ケテ〉のライバルの男の連れ合いだった。

〈オグンダ・ケテ〉は司祭のところに相談にいき、近未来占いをしてもらった。司祭は雄鶏やその他の道具をつかって、お祓《エボ》いをするようにアドバイスした。だが、〈オグンダ・ケテ〉は聞き入れなかった。罠を仕掛けて、ナイフを持っていれば、敵など簡単にやっつけられる、と考えたからだった。

あるとき、〈オグンダ・ケテ〉は女性に会うために山に向かった。山のなかでは、女性の夫が待ち伏せしていた。死にたくなかったので、やむなくその男を殺した。そのために警察に捕らえられてしまった。牢獄に入れられてようやく〈オグンダ・ケテ〉は気づいた。お祓いをおこなわず、アドバイスに耳をかさなかったために、自分は罠に陥ったのだ、と。

代父はこの神話のエピソードを教えてくれたあとに、こう付け加えた。

〈オグンダ・ケテ〉という運勢が出た者は自信過剰で、司祭のアドバイスを信じない傾向がある。言い換えれば、山羊のように頑固で、意固地なのだ。

代父からもらった緑色と黄色のブレスレットを眺めながら僕は思った。この神話には、思慮深さの欠如とか、頑固で意固地な性格とか、親しい女性との諍《いさか》いとか、自分に当てはまる要素が満載だ、と。

11

守護霊が旅をつかさどる精霊であることが判明すると、代父が言った。エレグアに捧げる〈タンボール〉をやる必要がある、と。

〈タンボール〉とは、スペイン語で太鼓という意味だが、この場合は、太鼓儀礼ことだった。エレグアをプロの太鼓打ち《タンボレロ》たちが呼び寄せ、楽しんでもらうのだという。代父は〈オルーラの手〉の最後の日から一日おいた日を設定した。

エレグアへの生贄としては雄鶏を一羽買わねばならないようだった。その日がくると、代父は居間の一角にエレグアのための祭壇を作った。まるで演劇の「大道具」の職人みたいに巧妙に、壁を背景にして木の枝や葉で「森」を作った。木の枝に魚や天竺鼠《フティア》の干物をぶらさげ、床の茣蓙《ござ》の上にはキャンディやケーキ、果物など、エレグアの好物とされるものをいろいろとお供《そな》えした。

すごい！　よくそんな枝や葉っぱを見つけてきたもんだね。

ノ・アイ・プロブレマ！　（お安い御用だ）

代父は、マリアナオ地区にまで行けば、こんなものはたくさんあるから、と言った。

お父さんが住んでいるところだね。

エドゥワルドが住んでいるのは、ポゴロッティっていうところだよ。これはおふくろと妹が住んでいる家の近くで取ってきたんだ。

エドゥワルドは別居しているわけ？

こちらがそう言うと、代父は突然、まるで僕が笑いの爆弾《ツボ》の導火線に火をつけたみたいに、吹き出した。あまりのおかしさにしばらく祭壇作りの手を休める必要があった。笑いが収まると、ようやく説明してくれた。

エドゥワルドは、いまはあの通り太ってしまって、糖尿病を患《わずら》っているけど、若い頃は女性にモテたんだ。気風《きっぷ》がいいチャンゴーを守護霊にしているからね。もともとは音楽の先生だったこともあって歌もうまいし。いま、ポゴロッティにいる女性は三番目の妻で、その子供がラサロ・アラインなんだ。オレの母さんは、エドゥワルドの最初の連れ添いさ。正式に結婚しないで付き合った女性は、数知れないよ。

代父は父の女性遍歴をばらした。まるで秘密の観光スポットをこっそりと外国人観光客に教えるみたいに。

そういえば、最初の日に遅れてやってきたエドゥワルドは、毒気の抜けた好々爺《こうこうや》然とした風貌が印象的だった。体はそれほど大きくないが、たぬきの置物みたいに見事な太鼓腹で、前歯が欠けていた。その風貌には、若い司祭たちがからかいやすい雰囲気があった。

僕が丁寧にエドゥワルドに挨拶すると、ペソの店で売っている安葉巻を咥《くわ》えたまま、屈託のない笑顔を見せてうなずいた。そのとろけるような笑顔を見て、すぐに僕は気を許していた。

エドゥワルドの子で、第二代父《オユボナ》になってくれたラサロ・アラインも、この日の太鼓儀礼にやってきていた。ラサロ・アラインは父親と違いシマウマみたいに痩せていたが、それでも守護霊は同じチャンゴーで、女たらしの血を受け継いでいた。精霊の歌をたくさん知っていて、頭がよくて、まめな男だった。

チャンゴーは両性具有の精霊で、女性の守護霊になったりもするが、男性の場合は知的で社交的で指導者の素質があり、女性にモテるということだった。逆に言えば、女難の相があるということでもあった。

夕方になって、五人の太鼓打ちがマリアナオ地区のポゴロッティからやってきた。実際に太鼓を打つのは三人で、あとのふたりはマネージャーと、太鼓打ちを兼ねる歌手だった。

彼らは〈アニャビ〉という専属組織に属していて、結構なギャラをもらえるようだった。マネージャーは、アライグマみたいに背の低い小太りの中年男で、やってくるなり、代父と親しげに世間話を交わしていた。

その間に、三人の太鼓打ちが無言でそれぞれの太鼓を黒い布袋から取りだしていた。演奏はすぐには始まりそうになかった。

代父が僕に男を紹介した。

こっちは〈チコロぺ〉だ。ちっともチコ(男の子)じゃないけどな。

代父はそう言って笑った。

〈チコロペ〉の苗字はロペスだったが、父親も太鼓打ちだったので、仲間内で区別するためにそういうニックネームがつけられたようだった。日本風に言えば、ロペス二世《ジュニア》だろうか。だが、〈チコロペ〉のほうがずっと愛嬌があり、親しみを感じた。

エレグアだってな。

〈チコロペ〉が友達みたいに気さくに話しかけてきた。

自分の守護霊を大事にしなよ。

あんたは？

もちろん、チャンゴーよ。

〈チコロペ〉はまるで米国の永住権《グリーンカード》がもらえる〈キューバくじ〉に当ったみたいに、得意そうに言った。

〈チコロペ〉に近づいて、僕は左手で軽くその膨れた腹を叩く仕草をした。

残念ながら、この太鼓は音がしないぜ。

〈チコロペ〉はそう言うと、アライグマが獲物をつかまえるみたいに僕の腕をつかんだ。

エレグアが窮地に陥ったときに、チャンゴーが助け舟を出してくれるぞ。そういう神話もあるから、チャンゴーを味方にするといい。

代父がそう僕にアドバイスした。

それは、司祭たちが占いで頻繁に引用する、アフリカの精霊たちにまつわる神話のひとつだった。

じゃ困ったときは、よろしく。

僕は〈チコロペ〉につかまれたほうの腕の手を上向きに差し出してそう言った。

お金以外のことならな。ハバナの女だったら、オレに任せな。

〈チコロペ〉がきれいに生え揃った歯を見せて笑った。

いつの間にか三人の太鼓打ちたちが代父の作ったエレグアの祭壇の前に、こちらに背中を向けてすわっていた。

太鼓打ちたちはエレグアの祭壇に向かって〈オルセコ〉と呼ばれる、精霊《オリチャ》を招喚する神聖な太鼓の演奏《トケ・デ・サント》を始めた。このときは誰も歌わなかった。ひたすら厳粛な太鼓の音《ね》だけが部屋中に鳴り響いた。

〈サンテリア〉の三基の太鼓は、バタと呼ばれていた。打ち手が膝の上に横にした太鼓をおき、山羊の皮で作られた両方の鼓を打つ。バタは大きい順に、イヤ(母)、イトテレ(二番目・父)、オコンコロ(子)という名前がついていた。いつも真ん中に一番大きい「母」がどっしりとすわる。「母」の胴体にはいくつもの鈴がぐるりと巻きつけられており、シャンシャンと鳴って太鼓の音に変化をつける。三基とも両方の鼓を使うので、単純に計算しても六種類の音色とリズムが複雑に絡み合い、ポリフォニック(多声的)な音楽が奏でられた。

キューバの太鼓をいろいろと聞いたなかで、一番バタが好きだった。打楽器なのに、ちっともうるさくなく、むしろ静謐で優雅で神秘的な音色を奏でるからだった。

シャワーを浴びてTシャツに短パン姿で頭にタオルを巻いたエレーナが、鰐《わに》みたいにベッドに寝そべりながらいった。

〈ブエナビスタ・ソシアル・クラブ〉のコンパイ・セグンド、知ってるでしょ？　セグンドというのは、ニックネームよ。わざと主旋律から外れて、歌に変化をつけるのが上手だったから、そういうニックネームがついたわけ。太鼓でもコーラスでも二番目《セグンド》が重要なのよ。

そう言われて、〈ブエナビスタ・ソシアル・クラブ〉の曲を聴いてみた。

な〜みだの〜　終わりの　ひとしずく
ゴムのカッパに　しみとおる
どうせ　おいらは　ヤン衆カモメ

「なみだ船」は北島三郎のセカンド・シングルだった。出だしの四音節「な〜みだの〜」が耳について離れなかった。北島三郎のだみ声が甲高い裏声に変わり、「な〜みだの〜」がなかなか終わらない。イントロでは、管楽器がまるで繰り返し「えんやどっと」と威勢のいい掛け声をかけるかのように聞こえた。

この長い「な〜みだの〜」の出だしは、夜明け前にこれから大海へ出ていく漁師の肩肘張った雰囲気が出ていて、十歳の僕は好きだった。子供ながらに想像していた舞台は、銚子港の川口と呼ばれるあたりだった。

いまあるような大きな堤防ができる前は、利根川が太平洋に通じる一大難所で、あまりに突風が強く、利根川からの波と太平洋からの波がぶつかって、危険な〈三角波〉ができやすかった。自分の船を転覆させないようにするだけで精一杯で、他人の船まで構っていられなかったので、「川口のてんでんしのぎ」(ひとりひとりが何とか頑張る)という言葉まであった。

だが、これは銚子っ子の独立独歩(悪く言えば、自分勝手)の気風を正当化しようとするエピソードかもしれなかった。スポーツに譬《たと》えて言えば、個人プレーは得意だが、チームプレーになるとからっきしダメ。そんなワンマンプレーの気風が潮騒の町を覆っていた。僕自身もそんな気風に染まっているに違いなかった。

市民が唯一一体となるのは、夏の甲子園で斎藤一之監督率いる銚子商業が快進撃を遂げるときだった。スタンドでは、誰かに頼まれたわけでもないのに、ねじり鉢巻き姿の漁師たちが大きな大漁旗を振っていた。自分の船で魚を獲るのと同じくらいに、いや、それ以上に熱心に。

だから、甲子園で準優勝して、大毎オリオンズ(現千葉ロッテマリーンズ)に入団した木樽投手に憧れ、自分も銚子商業の野球部に入って、漁師たちから応援してもらうことを夢見た。海は漁師にとって命がけの恐ろしい仕事場だ。だから、ちょっとばかり涙が出たって、しょうがねーべよ。

そう十歳の銚子っ子は思っていた。まさか女に振られた男のみじめな歌とは知らなかった。

歌の意味がわかった今でもこの歌が好きなのは、手強い女性が身近にいる〈オグンダ・ケテ〉だからなんだろうか。

太鼓儀礼《タンボール》の日には、大勢の人々がまるで地面から水が湧いたように集まってきた。代父の家族や司祭仲間や友達、代父が普段面倒を見ている信者やその家族までもがやってきた。子供と老人のふたつの顔を持つ精霊エレグアに捧げる太鼓儀礼だから、近所の子供たちも招かれてお菓子やキャンディをふるまわれた。物資の乏しいキューバだが、こうした太鼓儀礼の日には、大人も子供もご馳走にありつけるのだった。

エレグア　ナド　ケレケレ　イェウン
エレグア　ナド　ケレケレ　イェウン
ケレケレ　イェウン　ナド　アゴロリサ

太鼓打ちたちは三時間ほど、エレグア以外にも、いろいろな精霊たちのために演奏をして、その場に居合わせた者たちは誰もが太鼓に合わせて歌い、踊った。だが、精霊が憑依したのは、オグンを守護霊とするグアヒロひとりだけだった。そばに年上のパートナーのローサが付き添っていたので、誰も心配しなかった。

自分の守護霊のための太鼓儀礼で、普段から親しくしているグアヒロが神がかりになってくれたので、うれしかった。人間に神が宿り、エネルギーを注入されるわけだから、明日からグアヒロはまた元気に生きられるだろう。

太鼓打ちたちが仕事を終えて帰ってしまうと、代父がラジカセにCDを入れて大音響でレゲトンを流した。いよいよ子どもたちの出番だった。

とりわけ十代の女の子たちは、ここぞとばかりに、これ以上はないというくらいセクシーに腰を振って踊ってみせた。マンションの上の階に住んでいるマグダレーナは肌の色がそれほど黒くない女の子だった。まだ四歳で、いつもはガゼルの子のように母親の足元に隠れて恥ずかしそうにしているのに、きょうはオチュンの黄色いドレスを着せてもらって、大胆に腰をくねくねさせて踊った。

誰かに習ったわけではなかった。年上のお姉ちゃんたちが踊るのを真似しているだけだった。母親も、娘がそうしたセクシーなポーズをとるのを咎《とが》めたりしなかった。むしろ笑いながら囃《はや》し立てていた。

小型のデジタルカメラを鞄から取りだして、僕は踊る娘たちの動画を撮った。もしこれが日本だったら、変態おやじ扱いされただろう。

撮った写真と動画は、あとでオレに送ってくれよ。

ラム酒をだいぶ飲んだ代父が上機嫌で言った。

あとでコンピュータに入れてあげるよ。

お前の撮った写真全部だぞ。

僕はわかったと答えた。でも、エレーナの家で撮った写真は除いておきたかった。やましい写真はなかったが、事態を複雑にしたくなかった。

キューバでは、前年に最初のひと夏を過ごしてみて、アフロ信仰がこの国を知る肝《きも》だと直感した。いまや、自分の代父を見つけ、通過儀礼をやってもらったからには、そこを足掛かりに深く入り込んでいかねばならなかった。

友達のマリオがよく言っているように、異文化を理解するのではなく、異文化を生きる必要があった。言い換えれば、僕はある意味でキューバ人にならなければならなかった。

そのためには、もはやベダード地区の白人家庭とこのセントロ地区の黒人司祭の家をいったり来たりすることはできないだろう。

でも、そんな理屈を白人のエレーナに説明してもわかってもらえないかもしれなかった。

スサーナは　いまどきの女の子
どこでも生きられる
パリでもローマでもミラノでも
ニューヨーク　スイス　カナダでも

でも　スサーナの夢はハバナ
いつも踊っていたかった
キューバ音楽が大好きで
その夢を実現するためにやってきた

ハバナの街を歩いていると、どこからも音楽が聞こえてきた。ぎらつく太陽の下で女も男も誰かを出し抜こうとしているジャングルのようなこの街では、ヒップホップをアレンジしたチャランガ・アバネラの野性的でアグレッシブな音楽がよく似合った。

だが、同じタイトル(「ハバナを楽しんでいる」)でも、東部サンティアゴ出身のアダルベルト・アルバレスの曲になると、歌詞を大事にした、落ち着いた〈ソン〉になり、どちらかというと、僕はこちらのほうが好きだった。

それに、いまの僕は歌詞のなかにあるスサーナのひとりかもしれなかった。いつの頃からか、根なし草になって、あちこちをスサーナみたいに放浪していた。精神的な根っこというべき故郷を失って、必死にその代わりになるものを探していたのかもしれなかった。これさえあれば、どこでも生きられるというものを。

だから、スサーナにとっての踊りの意味がよくわかった。スサーナにとって、踊りは趣味でも商売道具でもなく、この世を生きる命綱《よすが》なのだった。

僕にとって、アフロ信仰もそんな意味を持つものになるのだろうか。正直なところ、わからなかった。でも、後戻りはできない。やってみるしかない。

そう決心した。

12

一九八〇年代にスペインの工場で作られた、エレーナのソ連製の〈スサーナ〉は、奇しくもアルバレスの歌のなかに出てくる女性と同じ名前だった。

スサーナがアルゼンチン人なのか
キューバ人なのか
それとも　ベネズエラ人なのか
わからない
でも　キューバのどこにでも
スサーナのような娘《こ》がいる

いまハバナ市内を乗り合いタクシーとして走っている、マイアミに亡命したキューバの富裕層が残していった五、六〇年代のアメ車に比べると、エレーナの小型車は見るからに質素で飾り気がなかった。デザインが画一的で遊びがなかった。地味で、オシャレを楽しむことができない娘みたいだった。

キューバであれどこであれ、社会主義は個性的な美しさより、みんなの平等や公平を優先するシステムだから、ソ連製の〈スサーナ〉が垢抜けないのは仕方なかった。

とはいえ、キューバで自家用車を持っているのは、特権階級の役得《やくとく》だった。どこへでも好きなところに行けるるし、いつ来るかわからないぎゅうぎゅう詰めのバスや乗り合いタクシーを待つ必要もないからだ。

キューバによく来るのに、一度もビーチに行ったことがないなんて！

そう言って、エレーナは笑った。

人生を無駄にしてるわね！

実は水着を持っていなかった。ときどき、夕涼みにメキシコ湾流からの風が吹きつける〈海岸通り《マレコン》〉を歩いた。それ以外の気分転換は必要なかった。

そんなことを言うのは、バラデロに行ったことがないからよ！

バラデロはマタンサス州にある、外国旅行者向けのリゾートビーチだった。代父によれば、そこのビーチは白く輝く砂浜といい透明な水といい、世界一らしかった。尊敬する代父にそう言われても、行ってみたいと思わなかった。

誰もが行きたがるところなんて、面白くもなんともない！

頑固で意固地な性格の〈オグンダ・ケテ〉は、そう思っていた。

こんど連れていってあげるわ。知り合いが別荘《カバーニャ》を貸してくれるって！

誘惑上手のオチュンの子であるエレーナは、すでに計画を立てていた。恋人と別れたイサベルの傷心をそうした小旅行で癒してやるつもりだった。

だが、かねがね僕は疑っていた。そもそもイサベルが恋人と別れたのは、エレーナの差し金だったのじゃないか、と。

というのも、エレーナは、イサベルの恋人がちっとも家の仕事を手伝ってくれない、とたびたびこぼしていたからだ。まったく役に立たない男だ、と。

キューバの男の子は大変だな。恋人だけでなく、恋人の母親の眼鏡にも適《かな》わないといけないのか。

エレーナの愚痴を聞いて、そんなふうに僕は感じていた。

あるとき、イサベルの恋人のアルマンドが屋根に登り、先端に丸いネットをつけた長い竿《さお》をつかって、裏庭にあるマメイの実をとっていた。マメイとは茶色をした果実で、硬い皮をナイフでむいて齧《かじ》ると柿のような味がした。大きさは日本の柿の二倍はあった。

六メートルくらいある大木に細長い葉がびっしり繁っていて、果実もたわわになっていた。

イサベルは、自分の部屋でバイオリンの稽古をしていて、外で恋人が働いているのを手伝う素振りは見せなかった。

エレーナはそうした肉体労働が女性には向かないと考えている節があり、娘もそれに同調していた。作業人を雇う余裕はないので、そうした作業は、いきおい娘たちの恋人にまわってきた。

僕は建物の側壁についている鉄製のはしごをよじ登っていった。屋上は平らになっていて、それほど怖くなかった。

アルマンドがマメイの実をネットに入れると、二、三メートル離れたこちらのほうに竿をぐるりとまわした。僕はマメイの実をネットから取りだすと、ビニールの大袋にそっと入れた。

アルマンドは身長もあまり大きいほうではなく、顔の色もムラートの褐色をしていた。

イサベルと付き合って、どのくらい？

僕はそう口にして、そっと様子をうかがった。

アルマンドはこちらの詮索を嫌がるわけでもなく、付き合ってそれほどたっていない、まだ数カ月だ、と率直に打ち明けた。

アルマンドの実家はこのベダード地区ではなく、ハバナッ子から〈ラティーノ〉と愛称で呼ばれている野球スタジアムがあるセロ地区にあるらしかった。

〈インダストリアレス〉の試合を何度か観にいったことがあるよ。

僕がそう告げると、今度一緒に行こうという話になった。イサベルは野球には興味がないみたいだった。

イサベルとは、親友の紹介で知り合ったんだ。オレとはあまり共通点がないみたいだなって、今頃になって気づいた。

そう言って、アルマンドは小さい声で笑った。

オレは大学に行かずに旧市街の国営レストランで働いているんだ。勉強は好きじゃないんだ。じっとしているのが嫌なんでね。バイク乗るのが趣味さ。いま持ってるのはヤマハの〈ドラッグスター250〉ってやつ。一生ものだよ。日本人はいいバイク作るよ。ほかにカワサキとかホンダとかもあるしさ。イサベルは大学で心理学を勉強しているけど、そんなもの役に立つのかな。どう思う？　これはイサベルに言わないでほしいんだけど、あいつ、ファザコンじゃないかと思って。父親のこと、すごく怖がっているみたいなんだよ。最近もひどく殴られたみたいだし、警察沙汰にもなった。ていうか、彼女が警察を呼んだんだけど。

アルマンドは共同作業に気をよくして、よく喋った。アルマンドはまるでオナガザルみたいにするりと太い枝に足をかけて上のほうによじ登り、太い幹と枝のあいだに腰をおろした。そこから竿を伸ばして、屋上から遠いところにあるマメイの実の収穫にとりかかった。

イサベルの母親から聞いたんだけど、あんた〈オルーラの手〉をしたんだって？　オレもしたよ。親父に言われてさ。オレの運勢は〈イロソンサ〉。火に注意しないといけないらしいよ。おふくろは、オレが赤ん坊のときに台所で料理していて、ガスが暴発して、大やけどして死んじゃったんだ。だから、代父によれば、オレも気をつけないといけないって。〈イロソンサ〉っていうのは、そういう運勢だよ。あんたの運勢は何？　〈オグンダ・ケテ〉？　初めて聞いたけど。身内に敵がいるって？　それってヤバいね。〈オグンダ・ケテ〉って、ほかにどんな特徴があるの？　ホモセクシュアルに用心だって？　オレ、ホモの友達がいるんだけど、いい奴だせ。紹介するよ。イサベルの親父みたいな奴がホモを馬鹿にするけど、マッチョな奴に限って、意外とめめしいもんだよ。自分が弱いってこと認めたくないから、手っ取り早くホモを虐《いじ》めるんだろ。理屈はよくわかんないけど……。へえ、そうなんだ。心理学って、そんなことやるの？　劣等感とかがどこから生まれるのか、その原因を勉強したりするんだ！

アルマンドは調子に乗って、あれこれ喋った。こちらもマメイの受け渡しをしながら、聞かれたことに正直に答えた。

アルマンドが差し出す竿のネットを受けとめるために屋上の縁まで移動していた。それ以上進むと、裏庭に転落しそうだった。それで、アルマンドにゆっくりと竿をこちらにまわすように頼んだ。収穫したマメイの実はすでに二十個を越えていた。アルマンドはまだ取るつもりのようだった。

オレの守護霊はイェマヤーだよ。知ってるだろ。愛情をつかさどる海の精霊の。正直いって、オレ、〈オルーラの手〉を受けてから、自分のなかの「母性」に目覚めたんだ。イェマヤーの「母性」にさ。だから、いろんな人を愛することができる。身内だけじゃなくて。オレは男だから、子供は産めないけどさ、イェマヤーの霊力を自分のなかに感じるんだ。だから、他人から見ると、浮気性だと思われるかもしれないけど、それはオレがプレイボーイだからじゃなくて、イェマヤーの子だからさ。

イェマヤー　アセス　アセス　イェマヤー

イェマヤー　オロド　オロド　イェマヤー
（海が川と交わるところ／イェマヤー　アセス／川の支配者）

あんたの守護霊は何？　へえ、エレグアだって、いたずら好きだよね。オレの親父もエレグアだから、なんだか親近感が湧くな。オレさ、以前、アメリカに憧れて、筏《いかだ》でも何でもいいから、キューバから脱出したいと思ってたんだ。そしたら、親父、なんていったと思う？　親父の従兄《いとこ》がニューヨークにいるんだけど、筏でマイアミまで逃げて、あとでアメリカの市民権をとったらしいんだ。親父、その従兄の話を持ちだして、アメリカもキューバも変わらないっていうんだ。

そりゃ、アメリカで働けばここよりたくさん金が入るけど、生活費もばかにならない。だから、従兄は貯金もできないって。親父に言わせれば、アメリカで奴隷みたいにあくせく働いて、小銭稼いで何が楽しいかって。アメリカでもキューバでも貧乏は同じさ。冬に寒さで凍《こご》えるニューヨークにいるより、あったかいキューバでのんびり暮らしていたほうがいいって。あんた、アメリカで暮らしたことがあるんだろ？　どう思う？

オレ、何かの本で読んだけど、アメリカじゃお金がないとダメだって。快適な暮らしをお金で買うのがアメリカだからさ。アメリカじゃ、あんたがひとりで一生懸命働いているだけじゃ、埒《らち》が明かないっていうんだ。お金持ちになりたかったら、あんたの下であんたのために働く人がいないとダメだって。あんたのためにあんたの下で働く人が多ければ多いほど、あんたは大金持ちになれるって理屈なんだ。ていうことは、たいていの人は金持ちになれないってことだよ。

アルマンドの口からは、まるでストッパーが壊れた消火栓から水が溢れ出るみたいに、言葉が淀《よど》みなく出てきた。マメイの実は、すでに袋にいっぱいになっていた。

そろそろ今日の作業は終わりにしよう、とアルマンドが言った。だが、アルマンドが木から降りてからも、ふたりのお喋りはつづいていた。

マメイの袋を横にどけて、ふたりは木の陰になる屋上の縁に並んですわった。

それがさ、あまり大きい声じゃ言えないんだけど。

アルマンドはそう言って声を落とした。

イサベルはアフリカの精霊とか、アフリカの宗教なんか、みんな迷信だっていうんだよ。イサベルは白人だろ。どうせあれこれ説明しても喧嘩になるだけだし、こういうの、強制したって仕方ないしさ。逆に、母親は母親で、夫の仕掛けた呪いみたいなもの、信じちゃっているし……。

アルマンドと長く話したのは、このときだけだった。話の内容といい、率直な話しぶりといい、アルマンドはこちらが好意を抱くに十分な青年だった。

エレーナは、パンや卵、オリーブオイルや調味料などを詰め込んだ小さな段ボール箱をいくつも用意していて、それを〈スサーナ〉のトランクのなかに積み込んだ。ビーチに持っていくタオル類を入れた布袋や着替えの衣服の袋も段ボール箱のなかだった。トランクのなかは、二十年近くにわたって道路から入ってくる粉塵や、積み込んだオイルやガソリンの予備タンクの汚れで真っ黒だった。

イサベルは自分のバイオリンを自分の荷物と一緒に後部席に載せた。僕は貴重品と着替え、本などを入れたリュックサックを持っていくことにした。

エレーナは〈スサーナ〉を操って、ハバナ市内をグアナバコアの方角に向かって走らせた。途中、サンフランシスコ・パウラの町を通った。二十世紀の半ばに、ヘミングウェイが晩年を過ごした〈フィンカ・ビヒア〉と呼ばれる屋敷がある町だった。外国人の行く観光スポットである屋敷はきれいに整備されていても、周囲の集落と道路はさびれていた。

〈スサーナ〉はわき目も振らずにマタンサスに向かう高速道路をめざした。高速道路といっても料金所があるわけではなかった。どの車も荒野を真直ぐに切り開いた片側二車線の道路を飛ばしていた。高速道路の両脇は牧場だったり畑だったり、緑豊かな原野だったりした。

ハバナからマタンサス市をへて、バラデロの町までは約百四十キロだった。その高速道路は〈白い道〉と愛称で呼ばれていた。ハバナの北側につづく白砂のビーチのそばを通っていたからだ。〈スサーナ〉にはオーディオもエアコンもついていなかった。窓を開ければ、ほどよい風が入ってくるし、オーディオでうるさいレゲトンを聞くこともなかった。

卵を捨てて！

エレーナが部下の兵士たちに命じるかのように、強くおごそかに言った。

家を出発する前に、エレーナの指示で、旅の無事を願って、エレグアに祈りを捧げ、生卵をつかってお祓《はら》いを済ませておいたのだった。旅の精霊のエレグアは、気に入らないと事故やトラブルを起こさせると信じられていた。厄《やく》祓いにつかった生卵をどこかの道端に捨てないといけなかったのだ。

窓から路肩に向かって、生卵を投げた。

用意周到な女性は、二倍の価値がある！

エレーナは有名なキューバの格言を僕に披露した。

そして、それがわたしよ、と言い、ミミズクみたいに得意げな顔をした。

あっけらかんと何の恥じらいもなく自画自賛ができるところがキューバの女性の素晴らしいところだった。それはあくまでエレーナの個人的な資質なのか、それとも、先住民、スペイン系白人、アフリカ黒人と、人種の入り混じったカリブ海の島のなかで培われてきたものなのだろうか。それとも、革命後の男女平等を尊む教育の成果なのだろうか。

エレーナは自分のすることに絶対の自信があり、それが果たして相手のためになっているのかどうか、疑うことはなかった。だから、こちらがノーと言わないかぎり、自分の考えを押し通した。確かにこちらが違う意見を述べれば、彼女は聞く耳を持っていた。

だが、自分のすることに絶対の自信があるので、はい、わかりました、と簡単には引き下がらなかった。社会主義のキューバの学校で、相手があいえば、こちらはこういうといったディベートの訓練を受けているし、日常生活のなかで議論ばかりしているので、相手から反論を聞くことはちっとも苦にならないようだった。

そんなわけだから、これまで彼女の思い通りにならなかったことはなかった。今回、こじれている元夫との相続問題を別にすれば……。

マタンサス州に入ると、〈スサーナ〉は脇道に逸れた。しばらく行くと、展望台があった。展望台からは、これから渡ることになる巨大な橋が見えた。橋の下にあるのは川ではなく、壮大な緑の森だった。

その森は見渡すかぎり遠く南のほうにまで広がっていた。太古の姿を残している広大な渓谷だった。かつてさすがのスペインの征服者たちも開拓をためらった原始の森。〈ユムリ渓谷〉というらしかった。

僕はエレーナのおかげで、キューバのこういう絶景を見ることができた。

グラシアス、エレーナ！

エレーナは、僕がバラデロ行きの小旅行のことを言っていると思ったらしかった。

わたしに任せておけば、この先、もっと素敵な旅になるわ！

エレーナは自信に満ちた声でそう言った。

ちょうどいい具合に、マタンサス州のどこかの町で、アメリカのグラミー賞をとったこともあるルンバで有名な〈ムニェキートス・デ・マタンサス〉の公演があるらしく、エレーナはその公演に連れていってあげると言った。

ついでに、グループのリーダーであるデオスダドの家にも連れていってあげられるかも。エレーナはそう付け加えた。

彼女としては、僕のアフロ信仰への関心を思って、最大限のサーヴィスをしてくれているのだった。エレーナはカトリック教会に通うキリスト教徒だった。一方で、〈サンテリア〉の通過儀礼もしていて、入信の日に授かるブレスレットをバッグのなかに隠しもっていた。

腕にはめないのは、黒人宗教に対して偏見のある白人仲間から白い目で見られたくないからだった。

白人のエレーナにとって、キューバの公的文化財ともいえる黒人たちのダンス公演や太鼓儀礼《タンボール》を見にいくことは知識人の教養と呼べるものだった。

僕もエレーナと同じようにそうした経験を積み重ねることはできる。だが、部外者の自分にとって、それだけではキューバの黒人文化の表層をなぞることにしかならないのではないか。

確かにアフロ文化の表層をなぞり、本を読んで理解を深め、それを文章にすることもできないわけではなかった。でも、そうした安全な行為に満足できない自分がいた。

だから、決心したのだった。〈サンテリア〉の代父のもとで修行を積むことを。

これからハバナ滞在中は、毎日ずっと代父のおこなう儀式についていくことになるだろう。

だから、この旅が終わったら、エレーナとも会えなくなる。それは自分のわがままな決心だった。

いくら説得しようとしたところで、エレーナは絶対に納得しないだろう。

冷たい利己主義の男と思うだろう。そう思われても仕方なかった。実際にその通りなのだから。

ふとエレーナの家のシャワールームの窓枠にいたあの緑色のトカゲを思い出した。

あの頃は、厄祓いの効果には半信半疑だったが、その後エル・コブレで〈ベンベ〉をしたり、ハバナで代父に通過儀礼をしてもらったりして、いまではアフロ信仰の知識が少し身についてきていた。

エレグアみたいに緑色のトカゲに変身して、そっと姿を消すのだ。

こちらのそんな覚悟も知らずに、エレーナは陽気にポンコツ車に話しかけていた。

機嫌よく走ってよ、〈スサーナ〉!

エレーナはギアシフトに手をかけて巧にギア・チェンジをおこなった。

〈スサーナ〉は谷間にかかった長い橋を、悲鳴をあげながら登っていった。

【著者】 越川芳明（こしかわ・よしあき）
千葉県銚子市生まれ。明治大学名誉教授。キューバの黒人信仰〈サンテリア〉の入門儀式を体験。のちに最高司祭（ババラウォ）の資格を取得。主な著書には『トウガラシのちいさな旅』（白水社、明治大学連合駿台会学術賞）『ギターを抱いた渡り鳥』（思潮社、福原記念英米文学出版助成）『壁の向こうの天使たち』（彩流社）『あっけらかんの国キューバ』（猿江商会）『周縁から生まれる』（彩流社）『オリチャ占い』（猿江商会）『カリブ海の黒い神々』（作品社）等がある。

Sairyusha

キューバ　二都物語《にとものがたり》

二〇二三年十一月三十日　初版第一刷

著者——越川芳明
発行者——河野和憲
発行所——株式会社 彩流社
〒101-0051
東京都千代田区神田神保町3-10大行ビル6階
電話：03-3234-5931
ファックス：03-3234-5932
E-mail：sairyusha@sairyusha.co.jp
印刷——明和印刷（株）
製本——（株）村上製本所
装丁——中山銀士＋杉山健慈

ISBN978-4-7791-2867-7　C0093
https://www.sairyusha.co.jp

フィギュール彩

〔既刊〕

⑫大阪「映画」事始め

武部好伸◉著

定価（本体1800円＋税）

新事実！大阪は映画興行の発祥地のみならず「上映」の発祥地でもある可能性が高い。エジソン社製ヴァイタスコープの試写が難波の鉄工所で1896年12月に行われていたのだった。

⑪百萬両の女　喜代三

小野公宇一◉著

定価（本体1800円＋税）

「稀代の映画バカ小野さんがついに一冊かけてその愛を成就させました！」(吉田大八監督)。邦画史上の大傑作『丹下左膳餘話・百萬両の壺』に出演した芸者・喜代三の決定版評伝。

⑯監督ばか

内藤誠◉著

定価（本体1800円＋税）

「不良性感度」が特に濃厚な東映プログラムピクチャー等のＢ級映画は「時代」を大いに反映した。カルト映画『番格ロック』から最新作『酒中日記』まで内藤監督の活動を一冊に凝縮。

フィギュール彩
(既刊)

㊾憐憫の孤独

ジャン・ジオノ◉著/山本省◉訳

定価(本体1800円+税)

自然の力、友情、人間関係の温かさなどが語られ、生きることの詫びしさや孤独がテーマとされた小説集。「コロナ禍」の現代だからこそ「ジオノ文学」が秘める可能性は大きい。

㉜マグノリアの花

ゾラ・ニール・ハーストン◉著/松本昇他◉訳

定価(本体1800円+税)

「リアリティ」と「民話」が共存する空間。ハーストンが直視したアフリカ系女性の歴史や民族内部に巣くう問題、民族の誇りといえるフォークロアは彼女が描いた物語の中にある。

㉛おとなのグリム童話

金成陽一◉著

定価(本体1800円+税)

メルヘンはますますこれからも人びとに好まれていくだろう。「現実」が厳しければ厳しいほどファンタジーが花咲く場処はメルヘンの世界以外には残されていないのだから。